ロンロン山
天の入口
デスラ
冒険の道
トンカリ山
ふしぎの木
ゼル
死と生の湖
冒険の道
山道
ガル
港町シモンス
冒険の航路
冒険の道
終点
大市場
ビッグコンセプト

アリオンたちの冒険

中野祥太郎

アリオンたちの冒険

もくじ

アリオンたちの冒険

未完成集

作品に寄せて

アリオンたちの冒険①
——ガオ・アデス編

悪の古城

内容——

5人の勇者がガロウズ・ヘブンに行き、ガロウズ・ヘブンを元に戻す話。

伝説の本——

本当の名前はわかっていない。だれかが名付けた。どういうふうに浮いているのかは不明。昔は天使が住んでいる普通の天空城だったが、悪意のあるものが攻めたため、天使が悪魔へと変わり、今、人間を殺そうとしている。

この絵は、生き残ったものが描いたガロウズ・ヘブンのイメージである。正確かどうかはわからない。

それを読んだ後、アリオンは本を閉じた。

ここで主人公を紹介しよう。かれの名はアリオン。また、アリオンはガンドラスという古くからある剣を使っている。

1　出発

アリオンは考えていた。ガロウズ・ヘブンを止めることが出来ないのかと。その時ふと祖父のことを思い出した。

アリオンの祖父は研究者だった。そして、中でもガロウズ・ヘブンには興味を持っていた。アリオンは祖父と2人暮らしだった。父さんや母さんは、ガロウズ・ヘブンからの使いに殺されたのだ。しかも、祖父も2年前に病死してしまった。祖父は死ぬ前にこんなことを言った。

「私の書いた本を読むんだ。そしてきっとガロウズ・ヘブンを止めてくれ。たのむ」

そう言って、次の日に祖父は死んだ。

そのことから、アリオンは祖父の本をひたすら読み、考えた。だが、1つわからないことがあった。

それは、５つの剣のことだった。１つはアリオンの持っているガンドラス。２つめはオシリス。３つめはスパーク。４つめはアクラス。５つめはデス。この５つの剣については、このように書いてあった。

ガンドラス、心通わせれば勇気あるものとして力になるだろう。オシリス、心通わせれば知識を働かせていろいろなことを切り抜けられるだろう。スパーク、心通わせれば光のごとく早く動くことができるから、速さ勝負では有利だろう。アクラス、心通わせれば水が足りないときに水を補ってくれるだろう。また、大津波をおこせる。デス、心を通わせるのは大変むずかしいが通わせれば、５つの剣の中で一番の力と魔法を使える。しかし、この５つの剣は使い方をまちがえてはならない。まちがえると、災いが起こるだろう。だが使い方はまだ解明出来ていない。

ヒントになるものはこれだ。

剣全て悪意のあるもの、ないものどちらかが使うなり
悪意のあるもの終わり、ないもの心通わせるがしかし絶望的のみ成功する。

それが、アリオンにはどうしても引っかかっていた。しかし、それ以外のことを知り得た今、行くべきだと誓った。

そして、アリオンは旅に出た。

2 天使と悪魔

アリオンは西へ向かっていた。それは、すぐ近くにヘルラという町があるからだ。次のページを見ればわかるように東へ行くと、危ない道が多いからだ。また、ガロウズ・ヘブンが人間を殺すのを早く止めなければならない
ちょうどヘルラの近くまで来た時だった。突然目の前にガロウズ・ヘブンの使いが現れた。アリオンは剣を抜いた
「おまえは、だれだ」
アリオンは叫んだ。そう言った後に、隊長らしきやつが出て来てこう言った。
「わたしの名はギガ。お前を殺しに来た」
「なぜ殺す必要がある」
アリオンはたずねた。

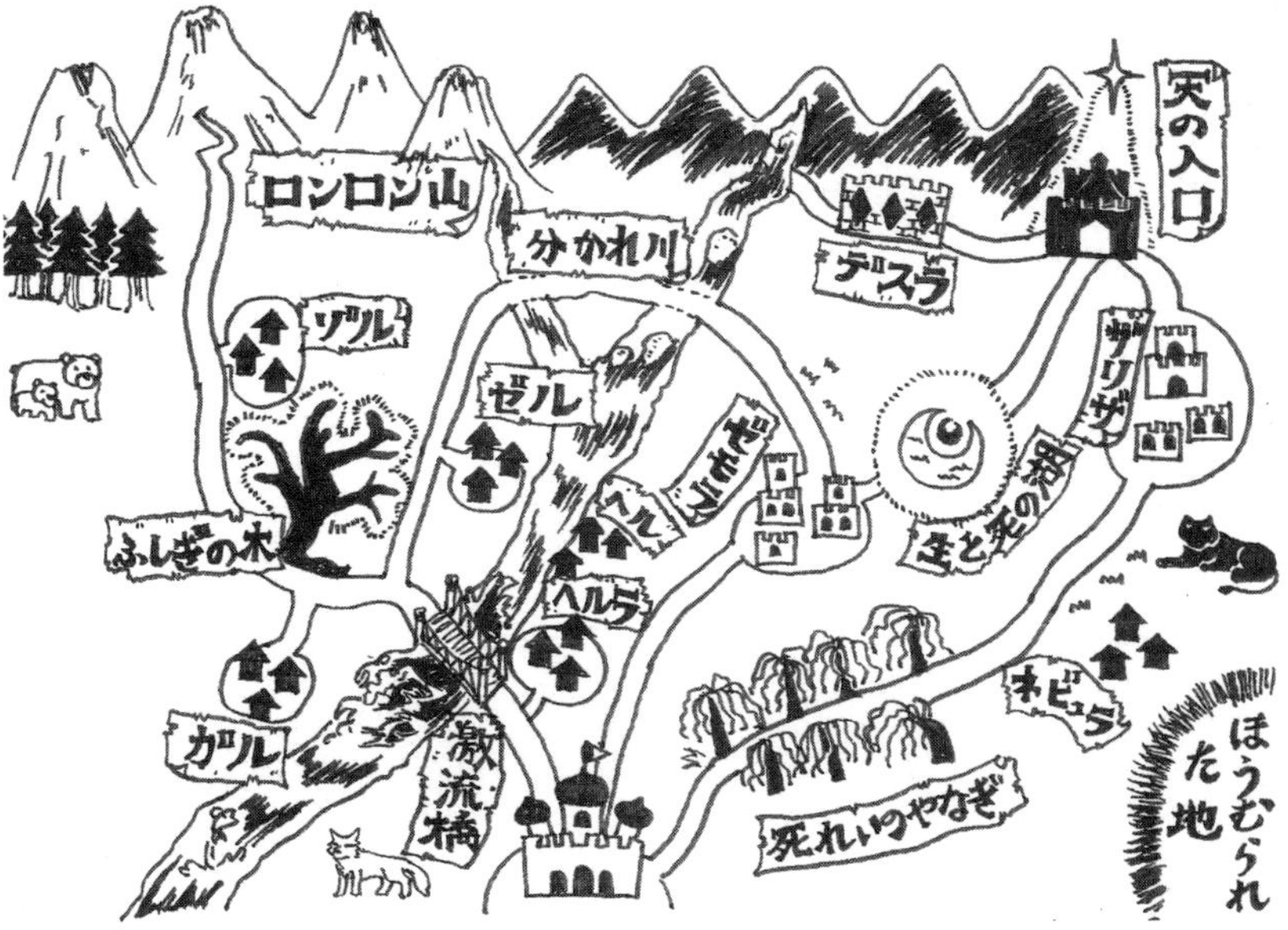

天の入口
ロンロン山
分かれ川
デスラ
ゼル
ヘル
ふしぎの木
ガル
激流橋
生と死の沼
ネビュラ
死れいのやなぎ
ほうむられた地

「お前も本当のことを知らないのだな。なら教えてやろう。悪意のあるものをなくすためだ。人間が全ていなくなれば、また平和がおとずれる」

「そんなのまちがっている。もうあの時のような過ちはしないはずだ」

「もういい、こんな話をしていたら時間の無駄だ」

そう言うと、ギガは剣を抜いた。戦いが始まったのだ。ギガは手下をアリオンに向け攻めさせた。

剣と剣がぶつかりあう。しかしアリオンは、まだ基本的な剣の使い方しか知らない。またガンドラスを使いこなせていない。なんとか手下を倒したがひどい傷をおった。

「ほう、まあまあな腕ではあるようだな。だがこれならどうだ」

ギガは剣を大きくふり上げると力いっぱいに地面に打ちつけた。そのとたん地割れのようなことがおき、それがアリオンの方へ向かって来た。

「にげられない」

とアリオンは思った。その時だった。ガンドラスが光輝いたのだ。そのあとこんな声がした。

「お前には力が足りない」

その時アリオンは目を覚ました。そこは金色の世界で目の前に巨人がいた。

「私はこの剣に宿るもの、ガンドラス。お前には勇気がある。しかし力が足りない。心を通わせ、力を得るのだ」

「わかった。心を通わせよう」

アリオンは叫んだ。その時また光が走り、先ほどの状態に戻った。

「うおおー」

アリオンは、ガンドラスの力を借りて、先ほどの地割攻撃をはね返した。

「何だと。こんなことがー」

ギガは、アリオンがはね返したものにより、消えた。ギガが消えた所には、光輝くものが残されていた。

3　仲間

何とか初めの町のヘルラへ着いたアリオンは、そこで1日泊まることにした。なぜなら、先程の戦いでの傷を少しでもいやすためだ。また、5つの剣を1つでも持っている人を見つけなければならない。アリオンは、いろいろ聞いて回った。そしてアグネスという人を見つけた。

「君は、剣のようなものを持っているかい」

アリオンはたずねた。

「持っているよ」

「本当か、それなら見せてくれないか」

「いいとも」

アリオンは、アグネスの家に連れて行かれた。アグネスに話を聞くと、アリオンと同じように母や父は殺されてしまい、祖父に育てられたのだが5年前に病死したらしい。

その時、アグネスの祖父はこう言ったという。

「いつか、希望が現れるだろう。それまで、いろいろ勉強しておけ」

そう言って、死んでいったらしい。

アリオンは剣を見せてもらった。

「これは、オシリスじゃないか」

アリオンは叫んだ。

「これはオシリスというんだ。知らなかったなあ」

「君、これは、もともとここにあったのかい」

「ああ、あったよ」

「そうか」

アリオンは少し考えてからまた言った。

「じゃあ僕の話を聞いてくれ」

そしてアリオンは、今まで起こってきたことを全てアグネスに話した。するとアグネスは言った。

「1つ聞いていいかい。そのギガと戦った後に残ったものは、どうゆうものなんだろう」

「わからない。でも僕は、悪魔の心にも、まだ天使の心が宿っているんじゃないのかと思うんだ」

続けてアリオンは言った。

「いっしょにガロウズ・ヘブンを止めにいこう」

アグネスは考えて言った。

「明日、君が町を出るまでに決めるよ」

そして、アリオンは宿に戻った。

次の日、旅に出る時が来た。そしてアグネスは、昨日の事を考えて言いに来てくれた。

「いっしょに行くよ」

「ありがとう」

こうして、アリオンは、アグネスといっしょに旅をすることになった。

4　オシリスとアグネス

アリオンは今、激流橋のところにいた。この激流橋はすごくもろくなっていた。その時アグネスが言った。

「走ったほうがいいかもしれない」

「どうしてだい」

アリオンはたずねた。

「僕の住んでいる町にも、もろい橋があるんだ。僕はいつも走って渡っているよ」

「よし分かったそうしよう」

しかし、ここは激流の川である。流されたらひとたまりもない。

アリオン、アグネスの順番で渡ることになった。ガタッガタッと音がなるその時だった。

橋の渡った先をだれかの部下が来て、橋のロープを切ってしまったのだ。

「うわー」

2人は激流に落ちてしまいそうになった。

「ガンドラス」

アリオンがさけぶとガンドラスが現れ、ロープをつかんでくれた。しかし、そのロープさえも部下に切られてしまった。「本当にもうだめだ」と思った時である。アグネスのオシリスが、急に光輝いたのだ。

そしてアグネスは目を覚ますと、そこは、本がいっぱい並んでいて、目の前に巨人がいた。

たぶん、オシリスだろう。

オシリスは言った。

「お前は、まだ不十分な知識しか持っていない。おれと力を通わせるんだ」

「わかった」

そして、また光輝き、元に戻った。そして、アグネスは、オシリスを使った。オシリスは飛ぶことができたので、アリオンたちは地上に戻ることが出来た。そこにはギガのようなやつらがいた。

そして、またギガの時のように、隊長らしきものが出てきて言った。

「わが名はベガ、お前が弟を倒したのか。ほう、1人増えたのか。まあいい、ここでお前らの旅もおしまいだ」

「アグネス、戦うぞ」

「わかった」

今から戦いが始まるのだ。


その前に次の表を見てもらおう。

これは、心を通わせた時使える技だ。Ⓓがディフェンス、Ⓐがアタック、Ⓢはスピードだ。また×のところは使えない。

アリオンは、初めに送風を使った。少しの間、足が速くなる。


「うおー」

部下たちを次々に倒していく。アグネスは、ベガとの一騎打ちだ。アグネスは、果敢に

ガンドラス

アリオンが持っている剣

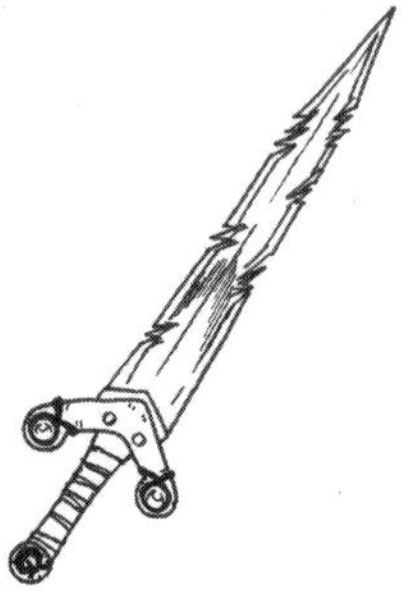

	Ⓓ	Ⓐ	Ⓢ
下	○	×	○
中	○	○	○
上	×	○	×

下 Ⓓ　光の手
下 Ⓢ　送風
中 Ⓓ　黄金の壁
中 Ⓐ　伝説の一撃
中 Ⓢ　大送風
上 Ⓐ　サンシャイン・クラッシュ

オリシス

アグネスが持っている剣

	Ⓓ	Ⓐ	Ⓢ
下	○	×	×
中	○	○	○
上	○	○	×

下 Ⓓ　スーパーバリア
中 Ⓓ　知識の壁
中 Ⓐ　伝説の一撃
中 Ⓢ　送風
上 Ⓓ　知識のバリア
上 Ⓐ　レオラリア・アタック

攻めた。しかし、ベガに簡単によけられてしまう。

「その感じじゃ、まだ、使えるようになったばかりみたいだな。まあいい、すぐに倒してやる」

　そう言った次の瞬間、ベガは、すごい速さでアグネスの後ろにまわり、アグネスを刺そうとした。しかしアグネスは読んでいた。

「なめてもらっちゃあ、困るよ」

そしてアリオンは部下を全員倒した。そしてアグネスは言った。

「伝説の一撃を受けてみろ」

伝説の一撃を放つと自分のまわりが霧で見えなくなって、そこから一撃を出すのだ。

アグネスは、霧に包まれた。ベガは、なんとか霧を払おうとするが、どうにもならない。

「いけえー」

アグネスは一撃を放った。ゴゴゴというするどい一撃だ。

「ぐわー」

ベガの体に一撃は直撃した。ドドーン。爆発のような一撃だった。道も粉々になっている。その時気づいた。また光輝くものが落ちていたのだ。その時、オシリスはアリオンとアグネスに言った。

「これは、天使の玉。これは、天使たちの命なのだ。だから、きっとまだ天使の心が残っているはずだ。それを信じて戦っていくのだ」

2人は、言った。

「わかった」

こうして2人は仲間となり、長い旅をすることになった。だが、この先も険しい道は続くだろう。

5　秘密

今、アリオン達は、戻る道の近くにいる。

しかし、もう暗くなってしまっている。ということで、今日はここで野宿することにした。木を使い、火をおこした。そして、アグネスが予備用に持ってきてくれた肉などを食べると、今度はアグネスが家から持ってきた本のことを話し出した。

「本にはこう書かれていたんだ。信じられないかもしれないけど、ガロウズ・ヘブンを攻めにいった人たちの中に、僕の父さんや母さんも、君の父さんや母さんが入っていたんだ」

「なんだって、そんなのうそだ」

「うそじゃないんだ。この本の、ここの部分に」

ガロウズ・ヘブン制圧で亡くなったもの
ガウラ（アリオンの父）バリス（アリオンの母）
ラデス（アグネスの父）ラクス（アグネスの母）

「そうだったのか」

アリオンは、うつむいた。今までのことがうそだとすると、どうして祖父がアリオンに剣を渡したのかが疑問だ。なぜなら、きっと5つの剣全部はガロウズ・ヘブン制圧にも使われていたからだ。

アリオンはアグネスとそのことを話してから、寝た。

その次の日、アリオンは分かった。なぜ祖父が、剣を渡したのか。それは、ガンドラスたちがガロウズ・ヘブンにもともといたからなのではないか。なぜなら、本には剣は悪のあるものを寄せ付けないと書いてあったからだ。

「アグネス、分かったぞー」

そしてアリオンは、アグネスをたたき起こして、考えたことを話した。だがまだ疑問が残っていた。

「剣がガロウズ・ヘブンにもともとあったのなら、どうやって持って来たんだい」

「そういえばそうだった。それさえ、わかればなあ」

アリオンは考えた。そして、言った。

「今はわからないよ。とりあえず先に進もう」

そして、2人は荷物をまとめて、また旅に出ることにした。きっと、まだまだ秘密はいっぱいあると思うが、今は先に進むほうが先決なのだ。

6　仲間の居場所と分かれ道

今、アリオン達は、分かれ道に来ている。

アリオン達は、どこに仲間が居るのか何も知らない。だから今、どちらに行こうか迷っているところなのだ。

「アグネス、君はどっちに行ったほうがいいと思うんだい」

「僕は、山の方へ行ったほうがいいと思う。安全だと思うよ」

「でも、危険は旅につきものじゃないか」

「そこまで言うなら、戻る道に行こう」

「ゼルには、今日の夜までには着くだろう」

そういうと、アリオン達は旅をまた再開した。


ちょうど昼ごろになり、日影を探して休もうとした時だった。

アグネスは後ろに気配を感じた。そして構えた。アリオンも構える。

そいつは、すごい速さでアリオン達の周りをかけ回った。そして、次の瞬間だった。

ギンッ。と音が鳴りひびいた。アグネスと速いやつが剣をあわせたのだ。ざざっ。アグネスが押されている。たぶんそうとう強いやつだ。そして、そいつはアグネスを力だけで跳ね飛ばした。どんっ。アグネスは近くの木に激突した。

「アグネス。大丈夫か」

アリオンはアグネスに近づいた。アグネスはすごいダメージを受けていた。その時、速いやつは言った。

「おれの名前はスピニング。あの2人の部下を倒したやつがどんなやつかと思ったが、この程度か」

「なにー。ふざけやがって」

「やめろ、アリオン。それは、あいつの挑発だ。乗っちゃいけない」

「だけどばかにされて、黙っていられるか」

「話はおわりだ。いくぞ」

また、スピニングは速いのを使った。

「速さで勝負なら、うけてたつぜ。大送風」

大送風は、送風より長く速い状態でいられるうえに、スピードも上がっている。おかげでスピニングと同じくらいの速さになった。カキンッ、ギンッ。剣と剣がぶつかりあう。その時だった。

「神速」

スピニングが言うと、その時にはすでにアリオンの後ろにいて、切り付けた。

神速とは一瞬だけすごく速い速さで動ける技だ。

「光の手」

アリオンは防御技を使い、止めようとした。しかし、力で跳ね飛ばされた。

そして、アリオンは道に投げ出され、すごく遠くまで吹っ飛ばされた。

「終わりだ」

スピニングはそう言うと、また神速を使いアリオンを剣で突き刺そうとした。

「やめろー」

その時、アグネスが止めに入った。その時、アグネスはもうだめだと思った。しかし、今度はブーメランのようなものが飛ん出来て、スピニングに当たった。スピニングは動くのを止めた。そして言った。

「だれだ」

そうすると、

「おれだ」

と言い、ゼルのある方向から一人の少年がやって来た。

「おれの名前は、ゼハール。おれは、スパークを持っている」

「なるほど、だからこのブーメランのようなものを使えたのか。これはおもしろい。ゼハール、お前はまだ剣の力を身につけていないようだな。今のお前におれは倒せない」

スピニングはゼハールに言い返した。

「それはどうかな」

そういうと、ゼハールはスピニングの後ろへ行き、突き刺した。しかし、スピニングによけられてしまった。

「普通でもなかなか速いじゃないか。これはおもしろい」

スピニングは笑みをうかべた。アリオンは最後の力を振り絞り、ゼハールに言った。

「この剣を使え、この剣は、もう心を通わせて、使えるようになっている」

「そうか、なら使ってみよう」

ゼハールはこう言った。

「この剣の名前は、きっと、ガンドラスではないかい」

「そうだ」

アリオンは言った。

「よし、ならガンドラスを呼び出そう。来い、ガンドラス」

そういうと、ガンドラスが出てきた。

「お前は、アリオンのかわりに俺を使うのか」

「ああ、そうだ力をかしてくれ」

「わかった」

ガンドラスはゼハールの言う通りに、伝説の一撃を発動させた。

「こざかしい、これで勝てると思うか」

スピニングは叫んだ。

「それは、こっちのセリフだ」

ゼハールは、霧の中でブーメランのようなものを2つなげた。そうすると、伝説の一撃の攻撃力と合わさり、さっきより強力になり飛んできた。そして、直進していたスピニングを直撃した。スピニングは少し飛ばされたが、耐えた。そして言った。

「おもしろい。だが、そろそろ日も暮れ始める。ここで、おれはおさらばする。また戦おう」

「まて、逃げるな」

しかし、スピニングは、また神速を使いどこかに消えていった。

7　たりないもの

目を覚ました時、アリオン達は寝かされていた。おそらくゼハールの家だろう。近くにスパークが置いてあるからだ。

「もう目が覚めたんだ。早いねえ」

ゼハールは言った。

「君たちは、山の方から、それともヘルラの方から、どちらから来たんだい」

「僕たちはヘルラの方から来たんだ。僕はアリオン。もう一人はアグネスだ」

アリオンはゼハールに自己紹介も兼ねて、言った。

「そうか、もう知っていると思うが、おれはゼハール。アリオン、あの時は剣を貸してくれてありがとう。おかげで追っ払えたぜ」

「ああ、でもびっくりしたよ。心を通わせていないのにうまくガンドラスを使うなんて」

「でもそれは、この本を読んだからさ」

そういうと、ゼハールは本を開いた。そこにはこう書いてあった。

剣は、使い手が変わったとしても、悪しきものが使わないのなら安全に使えるだろう。

しかし、悪意持つ者が使えば災《わざわ》いおこるであろう。

スパーク

ゼハールが持っている剣

	Ⓓ	Ⓐ	Ⓢ
下	○	×	○
中	○	×	○
上	×	○	○

下Ⓓ　電流塔
下Ⓢ　光の神速
中Ⓓ　電撃オーラ
中Ⓢ　ガイヤ・スパーク
上Ⓐ　雷撃
上Ⓢ　エターナル・スパーク

「なるほど、それで使えたのか。でも心を通わせていないのに、なんていう身体能力なんだ。

アグネスは、言った。

「おれは、毎日体を鍛えていたからだと思う」

「そうか」

アリオンは言った。

「君達に、まだ見てもらいたいものがあるんだ」

そう言うと、ゼハールはさっきとは違う他の本を出してきた。

それは㊤の究極技を使うやり方だった。

㊤の技を使う時の条件
・最後に使うこと。
・剣の化身などと心を通わせていること。
・始めて使うものは前の日にちゃんと睡眠を取っておくこと。
・最後・使った後、冷静さを失う場合があるので注意すること。

「おれは、最後のところがよくわからないんだ。分かるかい」

ゼハールはアリオンに聞いた。

「僕の本に書いてあることがあるんだけれど、聞くかい」

とアリオンは聞いた。そうすると二人が
「聞くよ」

と言ったので、アリオンは話し出した。

「僕の読んだ本はには、こう書いてあったんだ。

㊤の技使う時、赤い眼現れし、しかし、相当のダメージ負った時、黄色の眼現れし、死にぎわに使った場合、黒い眼が現れる。

これは、3つ目のことが書かれた本の中にあったものだ。たぶん、㊤の技をどういう状態で使うのかに関係して眼が変わるんだと思うんだ」

それを聞いたアグネスとゼハールは考えた。しかし、何も手掛かりは見つからなかったので別の話をすることにした。

「今度はどこの町を目指すつもりだい」

ゼハールはアグネスに聞いた。

「仲間を多く見つけたいから、また戻る道を戻って、ガルを目指したほうが一番いいだろう」

「でもそうすると、到着するのが遅くなってしまうぞ」

アリオンが反論した。

「しかし、全員が確実に見つからないとあとで困るぞ」

「でも、おれはあいつを倒したいんだ」

アリオンは叫んだ。

「まて、アリオン。今のお前じゃあいつには勝てない。さっきの戦いで分かったはずだ」

アグネスは必死でアリオンを止めた。

「もういい。とりあえず今は、落ち着いて考えよう。あいつがどこに行くかわからないのなら、どっちの方向に行ったたって同じじゃないか。仲間を早く見つけたほうがいいと思うから、アグネスの言ったとおり、戻るべきだ」

ゼハールは言った。そして、アリオンはその意見を聞き、戻ることを決意した。

「ところでゼハール。きみは一人で住んでいるのかい」

アグネスは、ゼハールにたずねた。そうすると、ゼハールは話し出した。

ゼハールにはなぜか本当の家族はいなかったらしい。親戚のところで育ったのだ。

そして、今アリオン達がいるところが親戚のうちだ。

アリオンはここで質問した。

「君のお父さんとお母さんの名前は分かるかい」

「ああ、親戚の人からなんども聞いたよ」

「じゃあ、ここに載っているかい」

そして、アリオンは、「ガロウズ・ヘブン制圧で亡くなった者」が載っている本をとりだし、そのページを見せた。そうすると、ゼハールの親もその中に入っていたのだった。やはり、みんな「ガロウズ・ヘブン制圧」で命を落としてしまったのだ。

そして、その後も話し合いは続いた。しかしもう夜だったので今日は寝ることにした。

しかし、まだ戦いは終わっていない。また、いつ終わるとも限らない。

だが、アリオンは足りないものが、この話し合いでわかったような気がしていた。


そして、次の日の朝、ガルに向け出発した。

8　㊤の技の秘密

アリオン達は今、ガルに向かっていた。4人目の仲間を見つけるためだ。

今は、午前10時ごろ、だがいつ相手が攻めてくるかわからないので早めに昼を済ませてしまおうとしているのだ。

昼ご飯の時アリオンは言った。

「4人目は本当にガルにいるんだろうか」

「たぶんいるね。オシリスも、一番可能性があると言っていたから」

アグネスは言った。しかしゼハールはずっと黙っていた。きっとスピニングのことを考えていたのだろう。

そして昼ご飯が終わって出発しようとした時だった。天空から黒いものがおりてきたのだ。ドン。そして、それは地上に着陸した。

「よう、ひさしぶりだな。少しは強くなったか」

そいつは、スピニングだった。

「今度こそ、倒してやるぞ、スピニング」

アリオンは言い放った。しかし、スピニングは余裕というふうに笑いだした。

「今日は、おれの本当の力を見せてやろう」

そういうと、スピニングは前より早い速さで周りを駆け回り始めた。

その時、アリオンは言った。

「おれが、こいつを倒す」

そういうと、アリオンはパワーを溜め始めた。アリオンのまわりを黄金らしき色のオーラが包んでいく。

そしてアリオンは言った。

「サンシャイン・クラッシュ」

それは㊤の技だった。サンシャイン・クラッシュとは、ガンドラスの攻撃の10倍位以上の威力があり、60パーセント以上当たる大技である。

そして、それはスピニングに半分以上が当たった。

「ぐわ」

スピニングは言うと、地上に着陸した。

「ここまで強くなっていたとは。スピードだけではだめなようだな」

スピニングは言った。

「アリオン、成功したじゃないか」

アグネスは言うと、ゼハールといっしょにアリオンに近づいた。アリオンはそういわれてふり向いた。するとアリオンの目が赤眼へと変わっていた。

「アリオン、君の目が赤眼に変わっているぞ」

アグネスは言った。

「そうか、この感覚が、赤眼の力なのか」

「まて、アリオン、はやまるな」

アグネスは止めた。

しかし、アリオンはアグネスの言うことを聞かず、スピニングに向かって走っていった。

スピニングは、すばやく剣をかまえて態勢を整えた。

「もう一発くらえー」

アリオンは高々とジャンプすると、上から叩き付けるように、サンシャイン・クラッシュを放った。

「風魔断」

その名の通り、風で攻撃を断つ（退ける）ことだろう。だが、サンシャイン・クラッシュの威力は計り知れない。そしてぶつかりあう。バサ、バサ、バサ。トリ達は飛びたつ。ドカーン。ものすごい音がする。攻撃がぶつかりあったのだ。そして砂埃が立った。

「はあ、はあ」

その時、アリオンの目が黄眼へと変わっていた。

砂埃が無くなった。スピニングは、膝をつき耐えていた。

「くそー」

アリオンは叫んだ。この一撃にかけていたに違いない。

アリオンは、きっと限界をわかっていたのだ。

アリオンのもとに2人が駆け寄った。

「大丈夫か、アリオン」

アグネスは言った。

「今度は俺達が戦うよ」

そして、アグネスはスピニングに攻撃を仕掛けた。ゼハールは、アリオンを安全な場所へ移動させた。

スピニングは、なんとか立ち上がった。「2発もサンシャイン・クラッシュをくらったのだから、たぶんもう戦えないはずだ」とアグネスは思っていた。しかし違った。

神速を使って、一瞬でアグネスの後ろにまわったスピニングは、そのまま切り付けた。

だが、アグネスは、二度の失敗をしないというふうに知識の壁で防いだ。ともに互角だ。

そして一度離れ、また態勢を整えた。

「君は強い。だけど、ここで終わりだ」

そういうと、アグネスはアリオンと同じようにパワーを溜め始めた。灰色のオーラがアグネスの周りに集まり始めた。

「ばかめ。溜めている途中に攻撃をすれば、元も子もないさ」

そして、アグネスに向かって一直線に走って来た。

そこに、ゼハールが割って入った。

「やめろー」

そう言うと、ゼハールは、防御態勢に入った。

「風魔殺」

スピニングの技がゼハールを襲い始めた。その時だった。ゼハールの剣は光輝き出した。

その時アリオンは思った。「ゼハールも心を通わせてほしい」と。

9　長い長い道のり

ゼハールは、雷などが飛び交う暗闇の中にいた。そして目の前には巨人がいた。スパークだろう。

「お前には足りない物をおれは持っている。欲しいか」

「ああ。おれは、その力で仲間を守りたいんだ」

「よし、それならば力を貸そう」

そして、光輝くと、またさっきの状態に戻った。

そして、ゼハールはスピニングを攻撃した。

「ガイヤ・スパーク」

スパークの使うスピード技で、大送風よりはるかに速い。

そして、ゼハールは、その技を使い、スピニングを切り付けた。ズバ。スピニングが切られた。

「うわー」

スピニングは負傷し、倒れこんだ。

そして、アグネスのパワーが完全に溜まった。

「レオラリア・アタック」

すさまじい、威力の技がスピニングを襲った。

そして、スピニングは塵となって姿を消した。そこにはやはり、光輝くものが残されていたのだった。

アリオンとアグネスが回復するまで待つため、ここらへんで野宿をすることにした。今、アリオン達がいるのは、分かれ道の近くだ。明日には、ガルに着けるだろう。

だが、明日までにアリオンが回復しているかどうかは、まったくわからない。

なにせアリオンは、黄眼になるまで力を使ってしまったからだ。

「とりあえず、今日は早く寝よう」

ゼハールは、そう言った。そして、すぐに夜ご飯を済ませると、3人とも寝てしまった。

翌朝、ゼハールは一番早く起きた。その後、アリオンが起きた。

アリオンの目は元の状態へ戻っていた。アグネスも同じだ。

ということもあったので、とりあえず、朝食を食べて、出発した。

ちょうど、昼ごろで昼食を食べ終えた。その時は、何事もなかった。

そして、夕方近くでやっとゾルにある町、ガルへ到着した。

アリオン達は宿を取ると、すぐに夜食をすませて寝てしまった。4人目を探すのは、明日になりそうだ。

10　4人目

アリオン達は、起きてまず町の人に聞いて回った。

この町は、この国で2番目に大きな都会である。なので、探すのはすごく大変だ。

その中でいろいろ買い物をした。

その時、道具屋に来た時だった。後ろの方で、もめごとがあったらしい。

「なにが起こったんだろう」

アリオンは不思議に思ったので行ってみることにした。

「アリオン、関わらないほうがいいと思うよ」

アグネスが止めた。

「でも、何か手掛かりが見つかるかもしれないじゃないか」

そういうと、アリオンは、さっさと行ってしまった。そして、アグネス達も後を追った。

そこでは、一つの剣の取り合いになっていた。片方は、道具を売ったりしている商人で、片方はアリオン達と同じ年ぐらいの少年だ。

「あれは、アクラスじゃないか」

アリオンは叫んだ。そして、アリオンは2人を止めようとした。

少年は、

「僕の剣を取るんじゃない」

と言っていて、商人は、

「落としたほうが悪いだろうが」

と、言っていた。アリオンは、そこに割って入り、

「それは、もともと、この少年のものだったのだから返してあげたほうがいいですよ」

と、商人に言った。しかし商人は、

「だまれ」

と言って、アリオンのことを聞こうとしない。そこにアグネスとゼハールもやって来た。

そして、

「アリオンの言うとおりだ」

と、言った。

そういうと、商人は何も言えなくなり立ち去った。

「大丈夫だったかい」

アリオンは、少年に聞いた。

「ああ、君達のおかげだよ」

「ところで、どうしてその剣を持っているんだい」

「これは、うちにあったものなんだ。それを、あの商人に見つけられて、あやうく売りとばされてしまうところだったよ」

「そうだったのか」

アリオンは、少し考えた後、言った。

「できれば、君の家まで案内してくれないかな」

「お安いごようさ」

そして、アリオン達はその少年に案内され、家にお邪魔することになった。


少年の家は一軒家だった。話を聞くと、少年はお父さんと、お母さんに育てられていたのだったが、お金が足りなくなって、出稼ぎを頑張っていたらしい。しかし、流行していたかぜをひいてしまい2人とも亡くなってしまった、と言うのだ。

その時に、

「この剣だけは、絶対に守るんだ」

と、言われていたのだ。

アリオン達は、少年の話を聞いた後で、今までのことと、その剣の秘密を話した。しかし、少年の名前を知らなかったので聞いてみた。するとカルデラと言った。

カルデラは、この剣がとても重要なものだとは知らなかったので、びっくりしていた。

「僕は、あまり旅をしたことがなんだけど大丈夫かな」

「大丈夫さ、僕たちにまかせてくれ」

アリオンは、言った。


明日、朝早く出発することにしたので今日は、とりあえず休むことにした。

アリオンは、なぜか不吉なことが起きるかもしれないと思った。

アクラス

カルデラが持っている剣

	Ⓓ	Ⓐ	Ⓢ
下	×	○	×
中	○	×	○
上	○	○	○

下 Ⓐ　アクア・オーラ・クライシス
中 Ⓓ　水の壁
中 Ⓢ　スパイラルアクア
上 Ⓓ　大氷壁
上 Ⓐ　アクアクラッシャー
上 Ⓢ　激流

11　あらたなる敵

アリオンは、４人目の仲間カルデラを加えて、旅をまた始めた。

そして、朝7時ごろの明るくなって来た時に不思議の木のところまで来ていた。

「静かにしてくれ。誰かいるかもしれない」

そういうと、ゼハールは止まった。

その時だった。１本の矢がアグネスに向かって飛んで来た。

ズバッ。アグネスは、体では受けなかったが、足に傷を負ってしまった。

「誰だ、こんなことをするのは」

アリオンは、叫んだ。アグネスはひどい傷らしい。

その時カルデラが、先程放たれた矢を持って来て言った。

「これは、毒矢だ」

「なんだって」

見ると、それは、刃の所が紫色に染まっていた。

「アグネスを、早く治療してくれ」

そういうと、アリオンは、カルデラに自分のバックを渡した。

「わかった。だけど、アリオンとゼハールは戦うのかい」

「ああ、もちろんな」

そういうと、アリオン達は剣を抜いた。

その時、目の前にガロウズ・ヘブンの使いのようなやつが現れた。

「わが名は、アルフリード、われらの裁きを受けるがいい」

そういうとアルフリードが、剣を持っている手を空に振り上げた。そのとたん、大量の矢が、アリオンとゼハールに襲いかかって来た。

「ぐわ」

ゼハールに矢が刺さってしまった。

「大丈夫か」

「おれに構うなあ」

「なにを言ってるんだ」

そして、アリオンは、ゼハールを安全な場所へ移動させた。

「どうした、口ほどにもないな」

アルフリードはあざ笑った。

その時、アリオンの目は赤眼へと変わり始めていた。

アリオンは言った。

「これ以上、好き勝手なまねはさせない」

そして、アリオンは大送風を使った。

「無駄だ」

そういうと、一瞬でアルフリードは、アリオンの前に現れた。

「神速だと」

アリオンは驚いた。そして、次の瞬間、アルフリードに切られてしまった。

「うわー」

アリオンは、剣を持っている右手に切り付けられた。そこから血が出て来ている。

その時、アルフリードは言った。

「なぜおれが、さっきの2人を狙ったかわかるか。それは、お前の力を知るためだ」

言うと同時に、アルフリードは剣を振り上げて、アリオンをまた切り付けようとした。

キーン。剣と剣のにぶい音がした。アリオンは、その攻撃を受け止めたのだ。

「だったら、なんなんだよ」

アリオンは、言い返した。また、それと同時に力でアルフリードをはじき返した。

「おれは、戦うのが好きだ。ただ、それだけなんだよ」

アルフリードは、大声で言うと、すさまじい威力の技をくり出した。

すかさずアリオンもサンシャイン・クラッシュを放った。だが、右手を負傷していたので、半分ほどしか力を出せなかった。

当然、そんな攻撃では、跳ね返すことなどできない。

アリオンの技は、飲み込まれてしまった。

そして、アリオン目掛けてその技が飛んで来た。

その時、アリオンの体は痙攣《けいれん》していた。

「うわー」

大声をあげたと同時に、アリオンはどこかへ消えていた。

12　新しい力

アリオンは、また、ガンドラスの中にいた。

そして、ガンドラスは言った。

「お前も分かっているだろう。あいつには、今のお前では通用しないことを」

「それだったなら、なんだって言うんだよ」

「赤眼、黄眼、黒眼の力を使うのだ」

「なんだって。あの3つの眼の力を使うだと」

ガンドラス……………	㊟赤 ファイヤー・フレーム	黄 シャイン・ドライブ	黒 ?
オシリス……………	赤 サイコネス・バリア	黄 ?	黒 サイコネス・ブレード
スパーク……………	赤 ドラビタ・スパーク	黄 ?	黒 スピード・ダイレクト
アクラス……………	赤 水流みだれ打ち	黄 アクアリオ・シャイン	黒 ?
デス……………	赤 ?	黄 デス・ザ・ブレード	黒 ダーク・ブラスター

アリオンは驚いた。

「そうだ、３つの眼は、本当は力を秘めているものだったのだ」

「そうだったのか。その力は、どうやって使うんだ」

「おれと誓うんだ。おれが滅びる時、お前も死ぬ。お前が死ぬ時おれも滅びる、とな」

「分かった。誓おう」

そう言った瞬間、ガンドラスの光にアリオンは包まれた。そして、ガンドラスの声が聞こえた。

「もう、おれはお前のものになった。好きなように使え」

そして元に戻った。


そして、元に戻った時は、アリオンがアルフリードの技を避けた状態だった。

ここで、新しい力の紹介をしておこう。

前ページの表には、赤眼の状態と、黄眼の状態と黒眼の状態の時につかえる技が書いてある。

?は、まだ、どういう技か分かっていないものである。


「よく、よけたな」

アルフリードは言った。それもそのはず、今のところ、アリオンは右手を負傷し、不利な状態だからだ。

アリオンは剣を左手に持ちかえた。そして言った。

「赤眼の力を今、解放する」

その時、赤のオーラがアリオンを渦巻き、見えなくなった。そして、また現れた時、右手の傷は治って、目も赤だった。アリオンは、剣を右手に持ち替えた。

「こざかしい。こちらも本気を出そう。チェンジだ」

そう言うと、アルフリードは、黒いオーラに包まれ、見えなくなった。そして出て来た時、剣の形がさっきとは変わり、剣が弓になり、何本も矢を背負っていた。

アルフリードが矢を放った。3本の矢がアリオンを襲う。その時、矢が爆発した。爆弾が付いていたのだ。

「ばかめ、これで終わりだ」

しかしこれで終わりではなかった。アリオンは叫んだ。

「ファイヤー・フレイム」

そして、火がアルフリードのまわりを渦巻いた。

「なんだとー」

アルフリードは、驚きの声をあげた。

「さっきのは、効いたぜ」

きりの中からアリオンが現れた。服がボロボロになっている。だが、あまり効いてないようだ。

「その火で燃えてなくなれ」

アリオンがそう言うと、アルフリードのまわりの火が少しずつアルフリードに近づき、そして最後には、アルフリードは、火に飲み込まれた。

しかしアルフリードはまだ生きていた。そしてまた矢を放とうとした。アリオンは言った。

「黄眼の力を今、解放する」

また、さっきと同じように黄色のオーラに包まれた。そして目も黄になった。

アリオンは、一気に決めようとした。

「シャイン・ドライブ」

すばやく動き、アルフリードを吹っ飛ばした。

だが、アルフリードも守っていた。カルデラは、ただその戦いをじっと見ていた。

13　黒眼と覚醒

アルフリードとアリオンの戦いは、長く続いていた。

アルフリードは、５本の矢を放った。アリオンに当たった。両者とも、体力の限界が近づいていた。アリオンは、アルフリードの攻撃を受けてしまったので、かなりダメージを受けた。はあ、はあ。息が切れている。

アリオンは、最後にかけることにした。

「黒眼の力を、今、解放する」

黒いオーラがアリオンを包んだ。黒い眼になったアリオンは、さっきのアリオンとは違っていた。

アルフリードは、最後の力を振り絞るようにして、10本の矢を放った。だが先程とはくらべものにならないほどの速さでそれを避けると、こう言った。

「黒龍雅突双《こくりゅうがとっそう》」

その瞬間、闇の刃が、アルフリードを貫いていた。そして、アルフリードは消え、光るものが残った。

しかし、アリオンは元に戻れなかった。覚醒してしまったからだ。

カルデラがアリオンに言った。

「勝てたじゃないか、アリオン」

しかしアリオンは、カルデラを切り付けようとした。

「なにをするんだ」

その後も、アリオンは、カルデラを攻撃した。

「もうやめるんだー」

そう言った時、カルデラの持っているアクラスが光輝いた。

カルデラはアクラスの中にいた。そこは、海のようになっていた。

「お前は、おれを使って何がしたい」

目の前のアクラスが言った。

「僕は、アリオンを助けたい。あと、毒矢をうけたアグネスとゼハールも助けたいんだ」

「分かった。アリオンなら助けることができる。技をぶつけるのだ」

「どんな技をぶつけるんだ」

カルデラは、必死になって聞いた。

「さあな、そこまでは分からない」

「そうか」

カルデラは少し考えてから言った。

「きみと、心を通わせよう」

その時、光輝き、また戻った。

アリオンがまた、カルデラに向かって来た。

「アクア・オーラ・クライシス」

カルデラは力いっぱい攻撃した。

「ぐわ」

アリオンは倒れた。カルデラは、すぐに、安全なところへ運び3人の治療に当たった。

14　ふしぎの木の力

アリオンは、目を覚ました。そこで、カルデラは、2人の治療をしていた。

「起きたんだね、アリオン」

「2人の様子は、どうだ」

「明日には、出発できるぐらいまで回復してきたよ。ところで、アリオンは、大丈夫かい」

アリオンは、「大丈夫だ」と言った。しかし、こう言った。

「黒眼を解放した後の記憶が全くないんだ」

「そうなのか」

カルデラは、そう言うと、そこからのことを全部話した。その時アリオンが言った。

「ありがとう」そして、アリオンは続けて言った。

「黒眼を使うと、そんなことになってしまうのか」

アリオンは、少し震えた。

「大丈夫さ、使いこなせていなかっただけだと思うよ」

「それならいいんだが」

そして、2人は、これからどうするか考えて話し合った。その時、カルデラがふしぎの木のことを話し始めた。

「ふしぎの木は、負傷した者達がいた時、治してくれると聞いたことがあるよ」

「そうか、なら、ふしぎの木の近くまで行こう」

そして、2人は、ゼハールとアグネスを木の近くまで連れて来た。

「このあと、どうするんだ」

「僕は、そこまでは知らないんだ」

その時だった。木が、光輝いた。

そして、気づいた時、緑の木が生い茂った森のようなものが現れた。そしてどこからか声がした。

「ここでゆっくりしていけ。ここにずっといても、元の世界の時間はかわらない」

その時、アリオンは悟った。ここは木の中であり、これのおかげで負傷したものの怪我などが治っていたのだ。


アリオン達は、ここで疲れがなくなるまで癒やした。

そして、帰る時、あの来た時に聞こえた声に話しかけた。

「ありがとう。おかげで助かった」

「それは良かった。君達は、ここに2日ほどいたぞ。君達は次にどこへ行く」

「ロンロン山の方へ行くぞ」

「そうか、それなら、２日で進めるところまで君達を送ろう」

そして、アリオン達は、光に包まれた。気づいたらそこは、ロンロン山だった。

15　最後の一人を探して

ふしぎの木のおかげもあり、今、激流下りのところまで来ることができた。

しかし、激流下りのところに橋はなかった。なのでアリオン達は、どうすればいいか迷ってしまった。

その時だった。川の中から手下達がなにかを投げつけてきた。

「これは、むらさきゴケだ。気をつけろ」

むらさきゴケは、アルフリードの毒矢などに使われる猛毒をもったコケである。

「くそー、きりがない」

手下達は、休まず、投げ続けてきた。

「サンシャイン・クラッシュを打ってやる」

「だめだ、アリオン、川がもっと激流になるだけだ」

「なら、どうすればいいんだよ」

「スピードで倒していけばいいよ」

ゼハールはそう言うと、エターナルスパークを使い、手下を次々に倒した。

しかし、激流に押し流されてしまいそうになった。

「うわー」

その時、ゼハールより速いやつが、ゼハールを助け、そして残りの敵を全て倒した。そして、アリオン達の前に現れた。

「どうして、ここに来た」

そいつは、アリオン達より少し小さい少年だった。

「5人目の勇者を見つけるために」

そう言うと、その少年は言った。

「それは、おれのことだな」

「なんだって」

みんな驚いてしまった。よく見ると、たしかにデスを持っていた。

「君の名前は」

「ガルーダだ」

少年はそう答えた。そして、少し出っぱっている石を押した。すると、激流の中から橋が現れた。

「ここは、隠し橋なんだ。だから僕の町の人などしか知らないんだ」

「なるほど」

そして、橋を渡りきると、渡りきったところにある少し出っぱっているところを押した。

すると、橋がもとに戻っていった。

デス

ガルーダが持っている剣

	Ⓓ	Ⓐ	Ⓢ
下	×	○	○
中	○	○	×
上	×	○	×

下 Ⓐ　闇切り
下 Ⓢ　闇の神速
中 Ⓓ　デス・マウンテン
中 Ⓐ　ブラック・ダン
上 Ⓐ　アルフレイト・デス・ハンマー

アリオン達は、ガルーダに案内され、デスラに着いた。

そして、彼の家まで行った。

アリオン達は、そこで彼に質問した。また、今までのことも話した。

「君は、どうして、そんなに身体能力が高いんだい」

「たぶんよく、山で特訓するからだよ」

「特訓だって」

「そうさ。あとうちの家は、6歳ごろから、自分で何でも出来るようにしておいて、9歳くらいから、一人暮らしをすると決まっているんだ」

「なるほどー」

アリオン達は、感心してしまった。

「じゃあ、お母さんとお父さんを知っているんだね」

「ああ。だけど、名前を覚えてないんだ」

「じゃあ、会いにいけばいいじゃないか」

「僕は、ゼモラ出身だ。父さんと母さんはゼモラにいるんだ」

「そうだったのか、無理を言ってすまなかった」

ゼハールはあやまった。

次に、何か知っていることがないか聞いた。

「僕は、本を父さんと母さんに渡されて、それを読んだことはあるよ。

それに、こんなふうに書いてあったんだ。

ガオ・アデス
最後の戦士。しかし、どのようにしたら現れるのかは、わかってはいない。

そして、他にも、

５つ剣集まりし時、奇跡が起こり、新しい力が誕生するだろう。しかし、信頼していなければ、全てが無くなる。

と書いてあった。

「ガオ・アデスっていうのも気になるけど。５つ剣を合わせると、どうなるかすごく気になるな」

アグネスが言った。

「あっそういえば、鍵があるんだ」

「鍵だって」

「ああ、剣といっしょに渡されたんだ」

それは、大きな鍵だった。

「すごい大きいな。これも、何か役立つかもしれないから、旅に持っていこう」

「分かった」

そして、ガルーダは、身支度に鍵を加えた。

「僕の身体能力は、特訓だけじゃないと思う」

ガルーダは、また、さっきのことを言った。

「デスの力が少しずつ使えるようになってきたんだ」

「なんだって」

「デスは、他の剣と違って少しずつ力がついていくみたいだ。僕は、前に山で敵に襲われた時、デスにあって、そして心を通わせたんだ」

「そうだったのか」

そんな話が長く続いたが、とりあえず今日は休むことにした。

16　ガロウズ・ヘブンへ

5人目も見つかり、アリオン達は、天の入り口に向かっていた。天の入り口から、ガロウズ・ヘブンに行けると知っていたからだ。そして、天の入り口に着いたその時だった。

目の前に悪の敵が現れた。

「そう簡単には通さないぜ」

そう言うと、そいつは戦いをしかけて来た。

「みんな眼の力を使うんだ」

アリオンは、そう言った。昨日の話し合いで眼の力の使い方を話しておいたのだ。そして、ガルーダ以外赤眼の力を使うことができた。

「こざかしい」

そいつは言うと、神速でカルデラの前までいった。

「カルデラ、にげろ」

アグネスが言った。だが遅かった。

「雅突おとし」

そう言うと、そいつは、カルデラを空へ打ち上げそして、上から叩き付けた。

「ぐわ」

カルデラは血を吐いて倒れた。

「くそー」

ゼハールは、ドラビスタ・スパークで攻撃した。

しかし、受け止められた。

そしてゼハールは、首を捕まえられた。

「なんだ、この程度だったのか。準備運動にもなりゃしねえ」

その時、ガルーダがそいつのうしろからブラック・ダンを放った。

すごい斬撃で、ゼハールを放して、そいつは飛ばされた。

「ほう、強いやつもいるみたいだな。今日は、ここでおさらばするぜ」

そして、そいつは消えた。

「まて」

ガルーダは言った。

アリオン達は、２人を負傷させてしまった。しかも１人は、水を飲むために欠かせないアクラスをもったカルデラだった。

ガルーダは悔やんでいた。自分に力があれば、あいつをすぐに倒せたのだと。

その時、ガルーダはデスの中にいたのだった。

「お前は、まだ、眼の力を使えていないようだな」

「ああ、そうだ。眼の力を使えば２人を助けられるのか」

「助けられる」

「なら、力を使わせてくれ」

「誓うんだ。おれが死んだら、お前も死ぬとな」

「ああ、分かった。誓おう」

そう言うと、また元の状態に戻った。

そして、さっそくガルーダは言った。

「赤眼の力を今、解放する」

そして、ガルーダは、２人に向かって言った。

「最後のパワー」

そして、２人は、元に戻った。だが、１時間しかもたない技だ。

ガルーダは鍵を出した。そして鍵穴に刺した。そうすると、ギギギと音がして入口が開いた。

そこには、階段のような透明なものがあった。アリオン達はそれを登っていった。

突然手下達が攻めてきた。その数は、果てしなかった。

２人の限界が近づいていたので、急いで弱いもの達を片付けようとした。

アリオンは、サンシャイン・クラッシュ。アグネスは、レオラリア・アタック。ゼハールは、雷撃。カルデラは、アクアクラッシャー。ガルーダは、アルフレイト・デス・ハンマー。

それぞれ、㊤の技で倒していく。

今度は、毒矢が飛んできた。ゼハールがエターナル・スパークで全てを切り落とした。

こうして、順調に登っていき、最上階らしき所についた。

そこには、５人の闇の使いがいた。２人の残り時間は、40分だった。

17　戦い・が・はじまる

「よお、よく登ってこれたな」

さっき、門の前で戦ったやつがいった。

「おれは、ゼスだ。お前を倒してやる」

そういうと、ゼスはガルーダに襲いかかった。そして戦いがはじまった。

「ガルーダ」

そう言って、カルデラが援護しようとした。その時、カルデラの前の5人の中の1人が立ち塞がった。

「わたしの名前はレザリオ。あなたの相手は私です」

そして、レザリオは、カルデラに襲いかかる。

「そういうことか。おれの相手は誰だ」

ゼハールは、言った。

「おれだ。おれはスピーク。どのくらい速いのか楽しみだぜ」

そして、スピークと、ゼハールも戦いになった。

「僕は、だれと戦うんだい」

アグネスは、言った。

「おれさ。おれはシュレイダー。心理戦で勝負だ」

そういうと、シュレイダーは、目をつぶった。アグネスも同じようにした。こうしてこの2人の戦いも始まった。

最後はアリオンとその相手だけだ。

「おれは、ジーク。お前がアリオンか。どんな戦いになるか楽しみだ」

そして、ジークとアリオンの戦いも始まった。

ガルーダは、絶対に倒すのだと心で思っていた。なぜなら、ゼスは2人を負傷させたのだから。

だが逆に感謝もしていた。それは、負傷のおかげで眼の力を使えるようになったからだ。

ガルーダは、闇の神速を使った。大送風より遅いが、送風より速い技だった。また神速なので、一撃必殺を使うのには、もってこいだ。

その、闇の神速で、目の前までいくと、闇切りを放った。ズバッと音がする。

しかし、ダメージを受けたのは、ゼスではなくガルーダだった。

「さっき戦った時、スピードは覚えた。もう、その技は、通用しない」

ガルーダは、脇腹を切られて血が出ていた。だが、普通の斬撃だったので傷は、浅かった。

今度は、ゼスが攻めてきた。

「神速」

神速を使って、ガルーダの目の前までくると、今度は、さっきの10倍の威力で攻撃した。

「デス・マウンテン」

一瞬で、マウンテンを出して止める技だ。だが、ゼスの斬撃は、マウンテンより強く、ほほに切り傷をおった。

だが、ガルーダは、かまわず攻撃を続けた。

「アルフレイト・デス・ハンマー」

この技は、魔法の力で、巨大なハンマーを出して、それを操って攻撃するのだ。

しかし、そのハンマーの攻撃を素手で止められてしまった。

「この程度だったのか。期待して損したな」

「まだだ、まだ終わっちゃいない。黄眼の力を、今、解放する」

そういうと、アリオンと同じようになり、ケガも治った。

「いくぞ」

ガルーダは、さっきより速いスピードでゼスの前まで来て、こう言った。

「デス・ザ・ブレード」

そしてガルーダは、ゼスを切り裂いた。

「ぐわ」

ゼスは声をあげ、脇腹を押さえた。

「どうだ。効いただろう」

ガルーダは言った。

そう言うと、ゼスの周りから、ものすごいパワーのオーラがあらわれた。

「ああ、効いたぜ。そのおかげで本気で戦える」

そう言って、ゼスは攻撃をしかけた。

「超神速」

神速より早い技で、ガルーダの所まで行くと、言った。

「エンド・レス・スマッシャー」

そう言うと、ゼスは、ガルーダを突き刺した。

ガルーダは、とっさによけて、急所はまぬがれた。だがわき腹を突き刺された。

「ぐは」

ガルーダは、倒れた。

「ばかめ、おれを本気にさせたからだ」


その時、ガルーダは、夢を見ているような感覚になっていた。そこは真暗だった。

そして、つぶやいた。

「おれは、これで死ぬのか。本当に死んでしまっていいのか」

その時、ガルーダの頭はアリオン達の戦っている姿を思い出させた。

「そうだ、アリオン達も必死で戦っているんだ」

その時、目の前が明るくなった。

気づくと、元に戻っていた。

「おれは、あきらめない。まだ、みんな戦っているんだ」

そう、大声で言った時、デスがガルーダを包みこんだ。そして、それが消えた時、ガルーダは、黒眼状態だった。

「なんだと、お前は、殺したはずだ。どうしても歯向かうというのなら、次で仕留める」

「おれはお前には倒されない」

ガルーダはゆっくり言うと、剣を構えた。ゼスも剣を構えた。

「グラビティー・ソード」

「ダーク・ブラスター」

両者の技がぶつかった。ゴゴゴとものすごい音がした。

「いけぇー」

ガルーダが大声で言った。ガルーダの攻撃は、ゼスの攻撃を飲み込み、ゼスへと向かっていった。

そしてゼスは、それをまともに受けてしまった。

自分の攻撃と、ガルーダの攻撃が合わさったものだ。耐えられる訳がない。

「ぐわー」

ゼスは、そう言いながら攻撃と、ともに消えた。

ガルーダが勝ったのだ。

ガルーダは体力を失い倒れた。２人の残り時間は30分だ。

18　己を信じろ

カルデラは、レザリオと戦っていた。だがカルデラは、なかなか自分に自信が持てなかった。そのため戦いでは30％ほどしか力を出せていなかった。

「うわー」

カルデラは、レザリオの斬撃を受けとめきれず、壁に激突した。

「こんな程度だったとは、期待はずれだったようですね」

レザリオは、言った。

「そろそろ、とどめを刺しましょう。ゼスがやられてしまったようですからね」

そう言うとレザリオは、倒れたカルデラに歩みよった。

「アクア・クライシス」

「うわー」

カルデラは、その場所と反対側にある壁まで、飛ばされた。

カルデラは自分が情けなかった。自分は、いつも臆病なところなどがあって、あまり役に立っていないからだ。

だが、アリオンを助けた時、言われた。

「ありがとう」

その時、カルデラの中で何かが変わった。自分が必要とされているんだと改めて自覚した。

レザリオは倒れた、ガルーダの方へ向かっていた。

「ガルーダを守るんだ」

その時、足がいつもより早くなり、レザリオに追いついた。そして放った。

「水流みだれ打ち」

水をまとったものが、連続して当たってくる技だ。そして少しレザリオもダメージを受けた。だがすぐに返して来た。

「水流一殺ぎり」

そしてカルデラは、足を切られた。だが全てが切られたわけではなかった。

そしてすかさずこう言った。

「黄眼の力を今、解放する」

そして傷が全部治った。

「まだまだ」

そう言うとカルデラは、今度はアクアリオ・シャインを放った。

攻撃がレザリオを襲う。

だが、レザリオの守りを青いオーラが被って、受けとめられてしまった。

「なんだって。そんな…」

「私に勝てるとでも思いましたか。ばかの強がりですよ。まったく、どこまで攻撃させれば気が済むんですかね」

そう言うと、また、さっきの技を10倍の威力で放った。

カルデラは、吹っ飛ばされはしなかったが、ガルーダの近くまで押された。

ここで、カルデラは誓った。最後の技がどういうものかわからない以上、命がなくなってもしょうがないと。そして大声で言った。

「黒眼の力を、今、解放する」

そしてカルデラは、黒眼状態になった。

そうすると、足もさっきより倍以上早くなった。

「おれは、もう誰にも倒されない。ガルーダを守るんだ」

そして、カルデラは、最後の力を振り絞り、この技を放った。

「アクア・クラネーション」

レザリオを水が包んだ。しかしカルデラの攻撃は、それを弾き、直接レザリオに当たった。

「ぐわー」

うなり声とともにレザリオは、消えた。

その時、カルデラは思った。己を信じなければ何事も、成し遂げることは、出来ないのだと。

ゼハールの残り時間は15分だ。

19　時間との戦い

ゼハールは、急いでいた。残り時間が15分しかないからだ。

相手のスピークは、ゼハールに、残り時間が少ないことを知っているので技と時間をかけていた。

「さっさと、もっと強い技を出してこい」

「ばかですね。ここで技を出してしまったら、あなたの思うつぼだ。じっくり時間を使って殺しますよ」

スピークは言った。

「ふざけんじゃねえ」

そう言うと、ゼハールはドラビタ・スパークを使った。

「うおー」

赤眼状態での斬撃を放った。ガガッ。スピークが受けとめると、床が壊れた。

だが、スピークはそれを跳ね返した。

「くそ、なんてばか力だ」

ゼハールは、言った。

「くそ、時間が足りない」

そうつぶやいていた時、スピークが切り掛かってきた。ガガガッ。さっきのゼハールの斬撃よりパワーがあった。そしてゼハールは、床に叩き付けられた。

「ぐわー」

「さっきので、精一杯だったのか。これなら、このままこの攻撃を続ければいいか」

そう言って、またスピークは、切り掛かってきた。

その時ゼハールは、間一髪、身をひるがえして避けた。

「そんなちょろい避けかたじゃだめだよ」

スピークは、斬撃を途中で止め、ゼハールに攻撃した。ゼハールは、吹っ飛ばされた。

ゼハールは、このままでは駄目だと思い黄眼の状態にした。

そうするとスパークが光った。そして、剣が光により、もうひと回りでかくなった。

「ほう、おもしろい。光をまとった剣ですか。ではこれでは、どうでしょう」

スピークは、さっきより遥かに強い斬撃を浴びせかけた。だがゼハールは、少し押されながらも耐えた。そして、跳ね返した。

「まあまあ強くなったのですか。それでなければおもしろくありません」

スピークは剣を空高く振り上げた。そうすると、スピークの剣がスパークの今の状態と同じになった。

「僕の力は、インプットもあるんですよ。これで、おもしろくなってきました。どちらの剣が上なのか、対決です」

「望むところだ」

そう言った後、すぐにゼハールは、黒眼状態になった。残り時間は5分だ。

2つの剣がぶつかりあった。そして、離れた。

「時間もあとわずかまで来ているようですね。このままで勝てるんですか」

スピークが挑発してきた。

しかしその挑発に、ゼハールは乗ってしまった。だがこれは、考えがあってのことだった。

今、時間がない時、挑発してくれたおかげで攻撃しやすくなったからだ。

タイムリミットは近い。

「スピード・ダイレクト」

ゼハールは最後だと思い、ぶつかりあったまま、残り30秒まで出来てしまった。

「うおー」

ここぞとばかりに力を出す。この時、ゼハールは、少しずつ押していっているのが分かった。

残り10秒。5秒。3、2、1。

その時だった。スピークがゼハールの斬撃で吹っ飛ばされた。

「うわー」

そして、スピークは消えた。

０秒になって、ゼハールは、元に戻って倒れた。

20　心理戦

アグネスと、シュレイダーの戦いは、心理戦になっていた。

アグネスは、シュレイダーの支配する闇の中にいた。そこでは、いろいろ人間がしてきた悪い行いが映しだされていた。

この世界から、抜け出せるかが鍵になる。

その時、その闇の中から、無数の矢が飛んで来た。

「サイコネス・バリア」

それを、アグネスは止めた。

「この世界は、私が支配している。いつどんなことが起こるかわからないぞ」

シュレイダーの声が聞こえた。

突然目の前に、父と母が、現れた。そこでアグネスの父と母は、天使達を次々に倒し、宝などを奪い取っていた。

その時、アグネスは、絶望に襲われていた。

「気を緩めるな」

オシリスが声をかけた。しかしアグネスは、まだ絶望していた。

オシリスは、相手の一瞬をつき、アグネスが幸せに育てられていたところを見せた。

アグネスの目から涙がこぼれた。その一瞬で、アグネスの目が黄眼へと変わった。

「希望の光」

アグネスは、みんなのことを思い出した。アリオン達のためにも、自分は、勝つんだと強く思った。

オシリスが言った。

「光は希望だ。黒眼の力を使っても、決して希望をなくさなければ、大丈夫だ」

「ああ、分かった」

そして、アグネスは大声で言った。

「黒眼の力を今、解放する」

そして、アグネスは黒眼になった。

「ふざけるな、もっと苦しめてやる」

「憎しみだけで、そんな悪いことをしてはいけない。人間だって、1度や2度失敗する。その失敗を乗り越えることに意味があるんだ。だから君達のしていることはまちがってるんだ」

そう言い放つとアグネスは、この技を放った。

「サイコネス・ブレード」

そうすると闇が晴れて光に変わった。そして元に戻った時、シュレイダーは消えていた。

アグネスは、倒れた3人を安全な場所へと移し、自分もそこにいることにした。

21　謎の解明、そして、戦いは終わる

アリオンは今、黄眼状態だった。だが、ジークが本気を出していないのを分かっていた。

「シャイン・ドライブ」

アリオンは、攻撃した。

しかし、神速を使ってよけられ、カウンター攻撃を受けてしまった。

なんとか耐えたが、左手から血が出ていた。

すかさず黒眼状態になったが、傷は深く、全ては治らなかった。

「もうおれ一人か。まあいい、お前さえ倒すことができればな。あとは、みんな疲れきっている」

「そう簡単に倒されたりしないぜ。体力だけには自信があるんだ」

そして、2人はぶつかりあった。ギーン。そして、その大きな音とともに、すごい勢いでぶつかっていったので、ものすごい風になった。

しかし、アリオンはさっきの怪我も影響して、跳ね返された。

「黒龍雅突双」
闇の力が床から無数に現れた。そして、ジークを狙う。
その時、ジークはさっきよりオーラの力を上げた。
だが、まだ、本気では、ないようだ。
「氷鉄銅」
アリオンの攻撃は、ジークに守られてしまった。
黒眼の力が通用しないのなら、ガオ・アデスを使うまでだ。
だが、アリオンは、まだ分からなかった。どうすればガオ・アデスを使えるのか。
その時、仲間一人一人がテレパシーを送ってきた。
自分たちは、役に立たないかもしれないが、剣は、使ってくれ、と。
その時、ジークが攻撃してきた。普通の斬

ガオ・アデスの剣

撃だったが、他のことを考えていたので、吹っ飛ばされてしまった。

だが、アリオンはまだ考えた。そして全てを悟った。

ガオ・アデスとは、剣の頭文字ⒼⓄⓈⒶⒹを並び替えてできるものだったのだ。だとすると、あそこに書いてあった、5つ剣が集まりし時、奇跡は起こるというのはこのことだったのだ。

そして、アリオンは、大声で言った。

「5つ剣を1つに集め、ガオ・アデスを誕生させよ」

そう言った瞬間、5つの剣が空高く上がり、まばゆい光をあげ合体した。そう、それこそがガオ・アデスなのだ。そして、それは、アリオンの元に戻ってきた。


「なんだと」

ジークは驚きの声をあげた。

「そうか、なら本気で戦わないとやばいようだな」

そうすると、今まで戦ってきた相手とは、桁違いのオーラを放ち、それに包まれた。

そして、出て来た時、闇の剣は、今までみんな一緒だったものに変わっていた。

「これが、進化した剣、ヘビィ・ノイズだ」

「じゃあ、また仕切り直しだな」

「ああ」

ジークがそう言った瞬間2人は、ものすごい速さで戦っていた。

両者とも、ほぼ互角だ。

一度止まった時、アリオンは、もっと力が必要だと思った。その時、気がついたら、アリオンはガオ・アデスの中にいた。

そこは、5つの剣の個性が全て詰まっていた。

「もっと力が欲しいんだろ」

「ああ。そうしなければみんなを、助けることができないんだ」

「そうか、分かった。なら力をやろう。だがチャンスは、1回しかない。青眼の力を使うのだ。いつ使ってもいいが、それを使ったら、青眼から元の通常の状態に戻る。それでもやるか」

「ああ、あたりまえだ。おれはこの世界の平和のために戦っていると言っていいからな。絶対に成功させる」

「よし、ならば使うがよい」

そして、元に戻った。

アリオンは、言った。

「青眼の力を、今、解放する」

そして、青いオーラにつつまれ、アリオンは、青眼の状態になった。

「ほう、それが最後のあがきってところか。いいだろうおれも最後に力を出しきろう」

「いくぞ」

「おう」

最後の技の出し合いだ。

すさまじいスピードで近づいていく。

「ブラック・ストーム・フィニッシュ」

「グレイト・アース・ブレイド」

アリオンのグレイト・バース・ブレイドとジークのブラック・ストーム・フィニッシュのぶつかり合いだ。

すさまじい暴風で、アグネス達も吹き飛ばされそうなくらいだ。

「おれが勝つ。そして人間を全て滅ぼす」

「だめだ。人間だって失敗はするさ。だけど、絶対に同じ過ちは繰り返さない。君達は、憎しみをただずっと引きずっているだけだ。絶対にそんなこと、許さない。元に戻ってくれ」

「うおー」

「はあー」

その時、アリオンの攻撃が少しずつ、ジークの攻撃を包んでいった。そして全部包みこまれた。そのままそれは、ジークの方に向かっていく。

「なんだと。うわー」

そして、ジークは消えた。

アリオンは元の目に戻って、そして仰向けに倒れた。

まわりが光輝き始めていた。アリオンは目を閉じた。

終幕　別れ

アリオンが起きたのは、どこかの見知らぬベッドだった。

「アリオン、起きたのかい」

アグネスは、言った。

「ここは、どこだい」

「ここは、ガロウズ・ヘブンの病室さ。天使の住民の人たちが僕達を手当してくれたんだ」

「そうだったのか。あの戦いの後どうなったか覚えているかい」

「光が現れて、全てを元に戻したんだ」

「そうか。それはよかった」

「きっと気持ちが伝わったんだよ。もうちょっとで食事だから集まろう」

「ああ」

そして、アリオン達は食事を済ませた。他のみんなも元気になっていた。
そして、出発の準備を終えると、行きに登ってきたところを降りていった。
天使の住民達に見送られながら。

そして、みんなそれぞれの場所へと帰って行った。
それぞれを夢に向かい。
また、平和が訪れるよう願いながら。

だが、アリオン達の戦いは、終わらなかった。
真の敵が彼らに襲いかかる。

続く

アリオンたちの冒険②
——エクス・カリバー編

終わりの場所

―終わりの場所―

昔は聖なる草原と呼ばれたきれいな場所だったが、5年くらい前に始まった戦争により、荒れ地となってしまった。

また、未だそこで戦いが行われている。

そして、そこの真ん中には、エクスカリバーがあり、未だかつて抜いた者はいない。

まだ戦いがなかった頃の絵が残されている。

有名な画家ブルドンが書いたものだ。

1　再会

ガロウズ・ヘブンの戦いから半年が過ぎようとしていた。

「このまま、平和が続けばいいいな」とアリオンは思っていた。

しかし、それも長くは続かなかった。

ある日のことだった。トントンとドアを叩く音がした。

「はい、誰でしょうか」

アリオンは言った。そしてドアを開けた。

「アリオン。僕達だよ」

「アグネス、ゼハール、カルデラ、ガルーダ。みんなどうしたんだ」

「時間が無いんだ。旅の準備をしてくれ。ああ、そうそう、南の方の地図はあるかい」

「あるとも」

アリオンは答えた。

「じゃあ、それも持ってきてくれ」

アリオンは急いで支度をして、５人全員で出発した。

アリオンはアグネスにたずねた。

「どうして急いでいるんだい」

「君は何も聞いていないのか。今、終わりの場所ですさまじい戦いが起こっているのを」

そう言うと、アグネスは、今までのことを話し始めた。

「今、終わりの場所で戦いが起こっている。その戦いは、神秘の都の人達と闇の国のやつらの戦いだ。それで困ったことに、こちらから戦況がどうなっているか分からないんだ」

「どういうことだ」

「たぶん、誰かの能力で中を見せないようにしているんだろう」

「なるほど」

「あと、まだ、終わりの場所から出てきた人がいないんだ。多分、それも誰かの能力だと思うよ」

アリオンは、その話を聞いた後、考えて質問した。

「なぜ、神秘の都の者達は、戦っているんだい」

「そりゃあ、国を守るためだよ」

「なるほど、じゃあ僕達は、それを助けにいくわけか」

「そういうことさ。分かったのならどんどん進もう。明日には、伝説の城に着きたいんだ」

こうして5人は再会し、旅に出た。

彼らに、これから、どんなことが起こるのであろうか。

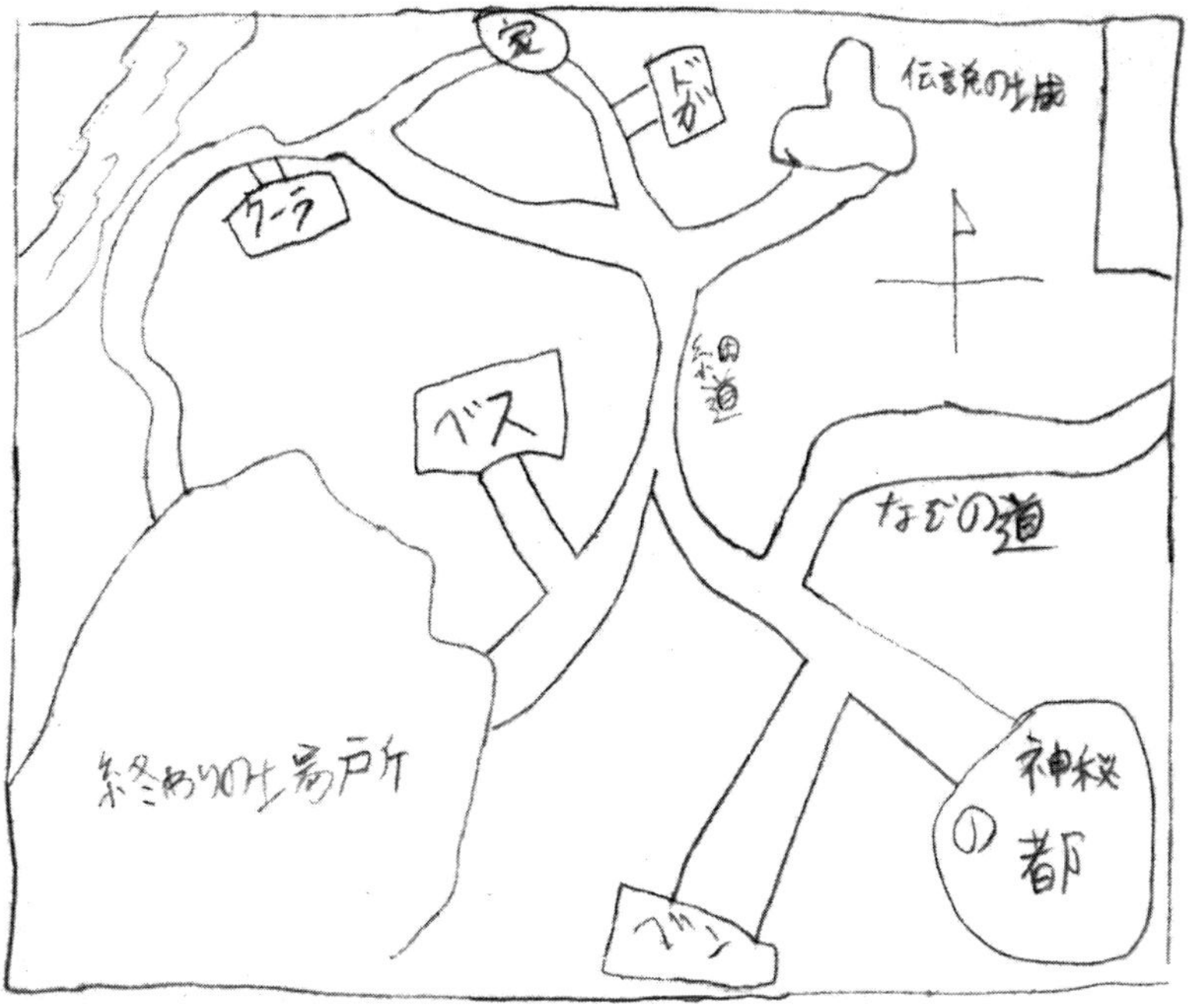

ドガ
伝説の城
クーラ
ベス
なぞの道
終わりの場所
神秘の都

2　伝説の城

その夜は、ドガで過ごし、そしてまた、朝出発した。

「どうして、伝説の城に行くんだい」

アリオンは、たずねた。

ガルーダは、言った。

「自分達のレベルアップのためさ」

「レベルアップ」

不思議そうにアリオンは言った。

「ああ、伝説の城では、いくつかのコースがあって、それをクリアすることによって、それだけのレベルアップが出来るのさ」

「そうなのか」

アリオンは言った。


そして、アリオン達は伝説の城に着いた。

城は大変な騒ぎだった。なんとそこでは、1対1の決闘が行われていたのだ。

その時、一人の青年が、看護の女達に連れられて出て来た。体はぼろぼろだった。

「強い、強すぎる」

その青年は言った。その後も、怪我人は続々と運ばれた。

「すごいな」

アリオンは言った。

「よし、やってみるか」

ガルーダがそう言った。


結局、５人全員が出ることになった。

アリオンは、ガード。アグネスは、アタック。ゼハールは、バランス。カルデラはボディ。ガルーダはスタミナと、それぞれ違うコースを選んだ。

この大会はトーナメント形式だ。それで、ＡとＢグループがあり、その1位と2位が決勝に行ける。

ルールは相手を殺さないようにして、ステージの外に出すと言う単純なルールだ。また相手が倒れてもだ。

そして戦いが始まった。どんどん戦いはヒートアップして、結局アリオンとガルーダが決勝に残った。

バランス

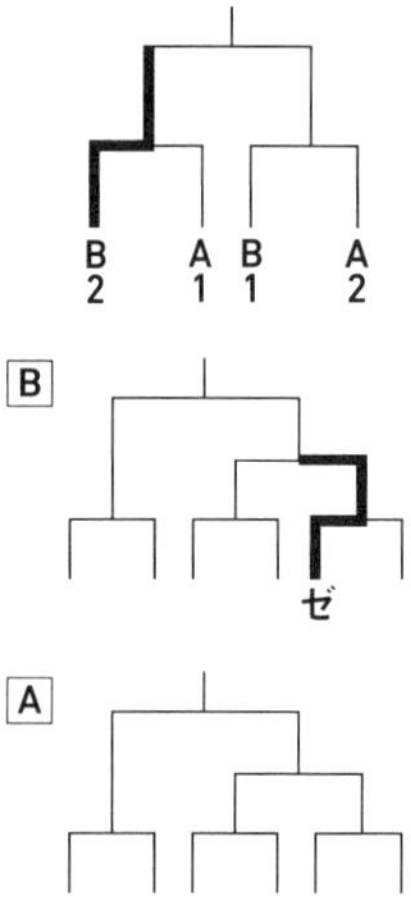

アタック

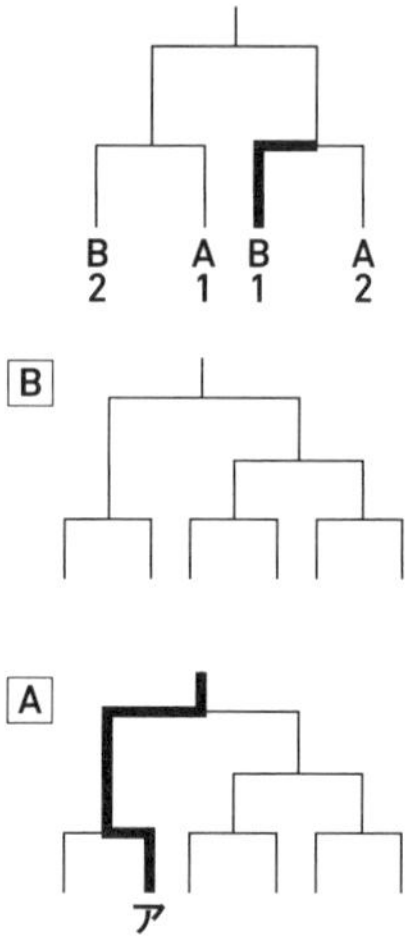

ガード

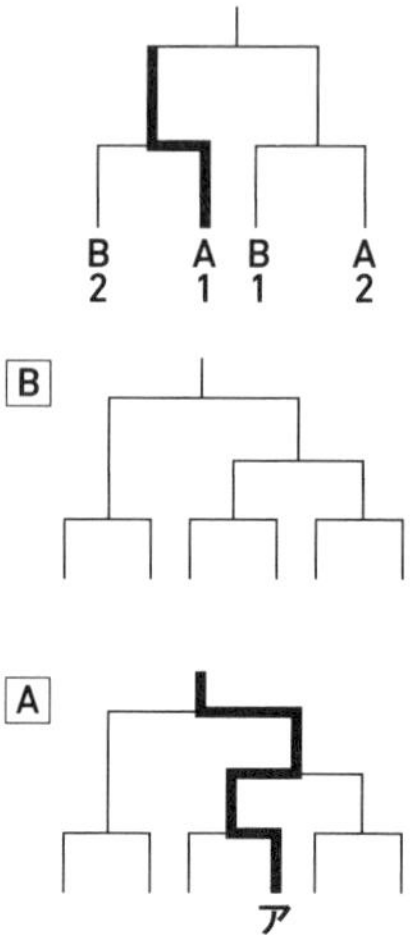

スタミナ

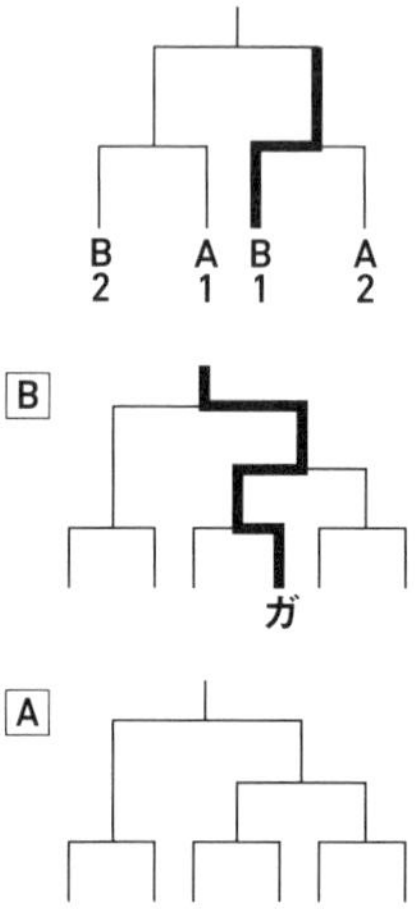

ボディ

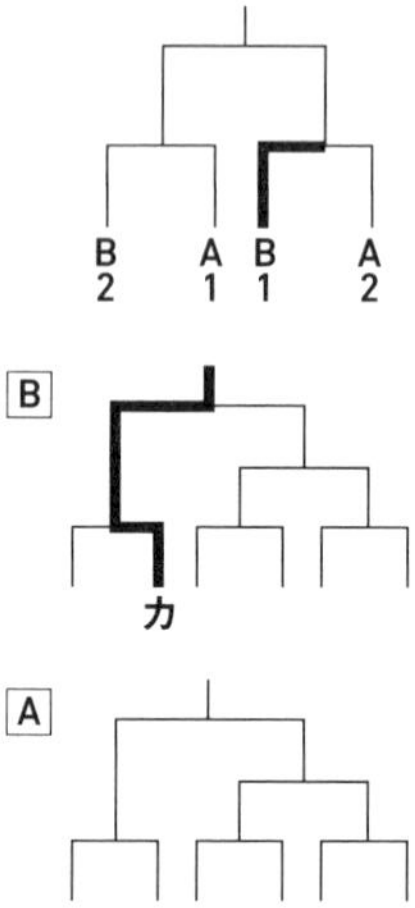

まず、アリオンの決勝だ。相手はここまで、一発の攻撃だけで相手を倒してきていた。

「おれはバーンズだ。よろしく」

「僕はアリオンだ。よろしく」

両者は握手を交わした。

笛が鳴った。試合が始まった。バーンズはまず、距離を取った。そして次の瞬間アリオンをあっと言うまに切り付けた。

「よっしゃー」

バーンズは言った。

「くっ」

アリオンは脇腹をおさえて倒れ込んだ。

「へーすごいな。おれの一撃で倒れなかったのは初めてだ。だがもう終わりだ」

バーンズが攻撃をしかける。しかしアリオンは読んでいた。

「光の手」

光の手は相手を包み跳ね返す技だ。

「うわー」

バーンズは勢い良く跳ね返されて、場外へと行ってしまった。

みごと、アリオンの勝利だ。

次はガルーダの試合だ。相手はガードが強く、相手が疲れた時を狙って攻撃してくるやつだ。

「おれは、ゴーデス。よろしく」

「おれはガルーダ。よろしく」

両手とも握手をした。

笛が鳴った。試合が始まった。そのとたん、なんとゴーデスの方から攻撃してきた。

「クリティカル・アース」

いきなり大技だった。ステージが壊れ、岩がガルーダに振りかかった。しかし間一発、ガルーダは避けた。

「闇切り」

ガルーダも技を使った。しかし止められてしまった。

「最強臣城」

岩達が集まり、城のようになった。キーンという音とともに跳ね返された。そして足が着いたところが場外だった。

ゴーデスの勝ちだ。

アリオンは、ガードの部で優勝し、スーパー・ウォール（上の技）を覚えた。

ガルーダは、スタミナの部準優勝で、不思議な3色玉を貰った。

他の3人は、参加賞として、この国のお金10ベイ（1000円）が贈られた。

アリオンは、1000ベイ（100000円）を、ガルーダは、500ベイ（50000円）を貰った。

3　新たなる敵

アリオン達は、伝説の城を後にし、細道を通っていた。その時だった。

「ドガーン」

空中から爆弾が落ちてきた。

「スーパーウォール」

アリオンは、新しく覚えたスーパーウォールを使った。巨大な壁が現われ、空中へと向けて、爆弾を止めていった。

「くそ、上からなんて。近づけない」

カルデラが弱音をはいた。

「そんなことを言うな、僕が行く」

ゼハールが言った。

「黒眼の力を今、解放する」

ゼハールは言った。ゼハールは黒いオーラに包まれ、黒眼になった。

「スピード・ダイレクト」

ゼハールは、ものすごいスピードで空中を駆け抜けていき、ザコをどんどん倒していった。その時だった。

「ほう、いい攻撃だ。我の名はフレアリア。火と水を合わせ持つ」

フレアリアは、黒い翼のようなものを付けて飛んでいた。手下達もそうだ。また、その後ろの方に変な奴もいた。手下とは、少し違っている。

その時、手下達が鉄砲で攻撃をしてきた。ドガン、ドガン。道が壊されていく。

「止めろー。赤眼の力を今、解放する。サイコネス・バリアー」

アグネスが必死に守っている。

「近づけない、どうしたらいいんだろう」

「空を飛べたらなー」

カルデラとガルーダが弱音をはいた。

「おらー」

アグネスが鉄砲の球をはねかえすと、手下達がどんどん消えて、後はフレアリアだけになった。

「ふっ、ここまでは普通だ。この後が問題さ」

そう言うと、空中から一気に降下してきた。

「まずは、お前だ」

フレアリアは、まずガルーダを狙った。

「こい」

ガルーダは構えた。ガキーン。そして受けとめた。だがフレアリアは、この状態で技を使って来た。

「身体放火・改」

「ぐわー」

ガルーダの体がみるみるうちに焼けていった。

「大丈夫か、ガルーダ。アクア・オーラ・クライシス・浄化」

カルデラは、ガルーダの体を元に戻した。だが、ガルーダは相当ダメージを受けていた。

「アリオンどうする」

アグネスが言った。

その時だった。敵なのか味方なのか分からない変な奴が、フレアリアを攻撃した。ズザー。フレアリアはなぎ倒された。

「ぐわー」

フレアリアはそう言うと消えていった。

そいつは、黒い服で体を隠していたが、男だと分かった。背中には白い翼が付いていた。

そして、それがもとに戻り、マントを取ってから彼は言った。

「私はカオス。神秘の都の者です。あなた達をお迎えいたします」

4　神秘の都へ

「俺達をかい?」

アリオンがきいた。

「はい。私達にはあなた方の力が必要なんです」

「どういうことだ」

ゼハールが言った。

「あなた方は、何のために旅をしているかは知りませんが、今、終わりの場所で起きていることはご存知のはずです。我々の軍と闇の国の軍が戦っていることを」

「それは、知っている。じゃあ、僕らは君達に何をすればいいと言うんだ」

アリオンはたずねた。

「我々の軍は、もう女や子供、老人などしかおらず、人手不足になっています。また、私のように強い力を持つものが多い訳ではないんです」

「なるほど。それで戦いに加わり助けてほしいということか」

アグネスが納得したように言った。

「よし、じゃあ僕達も手を貸すよ。みんないいね」

アリオンは言った。

「別にかまわないけれど、ガルーダの傷はまだ治ってないよ」

カルデラが言った。

「それなら、大丈夫です。私が治しましょう」

そう言うとカオスは、ガルーダに近づき右の手の平をガルーダに向けた。すると、まばゆい白い光がガルーダを包み、戻った時には、元に戻っていた。

「大丈夫か、ガルーダ」

アグネスが聞いた。

「ああ、もうなんともない」

「では、出発しましょう」

カオスが言った。


そして、1日が経ち、神秘の都の近くまで来た。

するとまた敵が現われた。大将はすごくでかい。

「カオスよ、またあったな。おお、仲間を連れてきたか。まあどうしたって俺達には、勝てないがな」

そう言うと、そいつは「がははは」と大声で笑いだした。

「言ってくれるじゃねえか。エターナル・スパーク」

ゼハールはそう言うとスピード技で近づき、ザコを切り付けていった。

「ふん、そんなのはこれで終わりさ」

そいつは、でかい金棒で地面を叩きつけた。ピシッ、ピシッ。地割れが起こった。

「ぐわー」

ゼハールは、その地割れで出てきた岩に当たり、空中に投げ出された。

そして、その時そいつが一瞬でゼハールの背後にまわり、金棒で叩きつけた。ズドン。

ゼハールは、地面に叩きつけられた。

「カオス。あいつは、誰なんだ」

アリオンは、声を荒らげて言った。

「あいつは、力鬼だ。闇の国の中でも1、2を争う力自慢だ」

そう言うとカオスは、自分の剣を振りかざすとこう言った。

「みなさんに正義の力を！」

そう言うと5人は光に包まれた。そして消えた。

「もうこれで、翼が使える。ただし、一回使ったらもう今日は使えないよ。2回以上使うと身体がボロボロになってしまう」

「分かった」

そう言うとアリオンは精神を研ぎ澄ました。

その瞬間、アリオンの背中からは

ガウロズ　ザ　クエイターズ

ガウロズ・ヘブンは天使の作り出した伝説の城、僕の名前はアリオン。スパーク・ガンドラスは僕の使い。

夜、僕はスパーク・ガンドラスに起こされた。この町にガロウズ・ヘブンが来たからだ。ガロウズ・ヘブンの掟は町1つを壊すか1人を代わりに殺すかだ。ガロウズ・ヘブンは前までは普通の城に過ぎなかった。しかし1年前、人間がガロウズ・ヘブンに乗り込み自分の物にしようと企んだために、ガロウズ・ヘブンの天使たちは怒り、そしてついにはあんな邪悪になってしまった。それを僕が止めようと考えている。ちなみに（僕が）スパーク・ガンドラスと合体すると、ガロウズ・ヘブンへ瞬間移動出来るほどの力を持っている、そしてスパーク・ガンドラスはいつも僕の剣の中に眠っている。僕たちは出発の準備をすることにした。

準備をしていた時、じいちゃんの本を見つけた。そして思い出した。じいちゃんは1回ガロウズ・ヘブンへ行ったことがあるのだった。その時は天使のいる町まで行かなかったらしい、しかし3体の天使のペットに会った、と言っていた。この本はその事を書いたんだろう。そして僕は本を開いた。その中には、ガロウズ・ヘブンが邪悪になる前までの事が書かれていた。そして地図まで載っていた。

地図の天使のペット達は3つの部屋に分かれていた。きっとこのペット達も邪悪になってしまったのだろう。僕はこの地図を頼りに旅をすることにした。

1日目はまず瞬間移動出来る場所まで行く。2日目にはある村にたどり着いた。そこは、ガウロズ・ヘブンの掟で、失われたはずだった。村の人に話を聞くと、「この村は、ガウロズ・ヘブンに昔、良いことをしてやったらしい」と、言っていた。そこに、1人、男の子がやってきた。彼は、僕と同じ位、背が高かった。彼は僕に話をしようと言ってくれた。そして、僕はガウロズ・ヘブンにした良いこととは何かを聞いた。

彼は、こう言った。

「ガウロズ・ヘブンは、どうやって動いているのか君は知っているかい」

僕は首を振った。彼は続けた。

「世界を飛び回るには、それなりの燃料が必要だ。それを昔、分けてやったらしい」

僕はその後、ひと息おいてから、こう言った。

「君、僕の仲間にならないか」

彼は一瞬戸惑ったが、その後、理由を聞いて来た。僕は、これまでのことをすべて話した。そうしたら彼はこう言った。

「そうだったのか。それなら言ってくれたらいいのに、だけどこれは重要な話だ。考えるから待ってくれないか」

と言って、自分の家に帰って行った。

その後、3時間ほど経ってから、また彼はやって来た。

「決めたよ。君と一緒に行こう」

と言ってくれた。

僕はすごく嬉しかった。そこから二人で一緒に行くことになった。2日経った。彼はガロウズ・ヘブンへの道案内をしてくれた。ここで彼の名前を教えておこう。彼の名前はアグネスっていうんだ。

そして僕らは、次の町に向かっていた。しかし町に行く前に、ガウロズ・ヘブンの送り込んだ手下が現れた。僕らの旅で初めての戦いだ。僕は、剣から、スパーク・ガンドラスを、呼び出した。そして合体した。アグネスは、魔法みたいな物を使って戦いに参戦してくれた。さあ、戦闘開始だ。

105　ガウロズ　ザ　クエイターズ

ソード・オブ・ザ・サーガ　フィルム１

～新しき風～

プロローグ—

世は戦国。海でも陸でも戦いが続いていた。

そして、世界は7つに分かれていた。


一番大きいのが黒海、そして、赤、青、白、黄、緑、無となっている。

その昔は、黒海以外は1つに統一されていた。しかし、王の死により皇子4人、皇女3人がけんかを始め、最後には大きな戦いになった。

そして、その中で次女に当たるナータの国が無の国である。

その中で今1人の青年が、ほんの小さな町から世界を変えていこうとしていく。

白の国
黄の国
緑の国
黒海
青の国
赤の国
無の国

第1話　世界を変える男

無の国は5つの島から出来ている。

まず、レスターから。一番昔からある島で一番発達している町、アモーネがある。

次に、コースター。これは無の国で、もっとも謎の多い島だ。詳しいことは分からない。

次にバルチック。ここは赤の国に少しずつ攻められてきている。今は休戦中だ。

最後にスターバ。ここは無の国が緑の国と赤の国から奪い返した。今も戦っている。

……時は15年前バルチックの国境近く…

女「はあはあ」
ある1人の女が、赤の国から逃げてきた。
そう､脱国である。この頃は脱国が堅く禁じられていた。だから女は追手に追われていた。
追手「まてー」
追手「つかまえろー」
女は、ビルなどが立ち並ぶ路地裏に隠れた。
追手「くそ、国境を出られた」

緑の国
スターバ
パンドラ城
コースター
大赤国
レスター
バルチック
黒海
無の国

追手「王に何と伝えたらいい」
追手「ばかか、お前らは。あんな奴があれを持っていたとしても何が出来るっていうんだ。殺されるだけだ」
追手「そのとおりだな」
追手達「はっはっはっはっ」
そして、追手達は帰っていった。
女「何とか、逃、逃げられたわ」
女はよろめきながら人のいる方を探した。
その時だ、女のお腹が少し動いた。そう女には赤子がいるのだ。
ふと見ると一軒家が立っていた。
女「すみません」
老人「何じゃ」
女「今夜泊めてもらえませんか」
老人「お前は見かけない顔だな。さては脱国者じゃな。脱国者はおことわりじゃ」
女「待って下さい。私には子供がいるんです。お腹に大事な子供が。この子を死なせてはいけないのです」
老人「子供か…。よし、じゃあ子供を産んだらわしに預けろ。それだったら、それまで泊めてやってもいい」

女「ありがとうございます。ごやっかいになります」
老人「お名前は何という」
女「名はもう捨てました」
老人「どういうことじゃ」
女「すみません。今日は疲れていて、明日全て話します」
老人「まあそうじゃろう。今日はゆっくり休め」
そして、老人は女に夕食を食べさせ、寝かせた。

翌朝、老人が起きた時にはもう女はいなかった。そこには、1人の赤ちゃんがいるだけだった。

…現代
少年「じいちゃん行ってくるぜ」
老人「おう、行ってこい。我息子よ」
そして、少年はバルチックから旅立った。

少年はまず、一番発達しているレスターへ船で向かった。

レスターの町は市場から娯楽場、研究所までいろいろあった。
少年「まずは、じいちゃんから貰った金で武器がほしいな」
少年はまず武器店に向かった。
するとそこでは、腕利の男が手下を引き連れて、店主を痛めつけようとしていた。
男「いやだと！　おれを誰だと思っている。腕利のジャスパー様だぞ」
店主「しかし、これは当店では売る扱いになっていません」
男「そう、いいだろう。なら」
男が指示を出すと、手下達が武器をめちゃくちゃにしはじめた。
店主「何をするんだ。やめろー」
その時だった。少年は手下達に向かい手を開いた。
少年「そこまでだ」
手下「何者だ、てめえ。やってやる」
少年「やれるもんなら、やってみろ」
手下達は動こうとした。しかし全く体が動かなかった。
手下「どうして」
手下「その紋章のせいか」
少年「お、よく分かったな。そう、この紋章は相手の目に止まると一定の時間動きを封じることが出来る」

手下「どういうことだ」

少年「この、一鳥の紋章。その美しさから脳に反応し、脳から活動停止の指示が出る、というわけさ」

ジャスパー「じゃあ、おれはどう説明する」

ジャスパーは紋章を見ても動けていた。

そして少年に殴りかかってきた。

少年「そんなふうに、美しさのかけらも分からないような奴がいると思ったんだ。そんな時は」

少年は両手に紋章を書き、手を合わせた。

少年「一鳥から二鳥、不死鳥フェニックス」

そういうとジャスパーの方に手の平を向けた。

すると、ジャスパーの体に、ものすごい熱さとともに入れ墨が入った。

ジャスパー「熱い、熱い、熱ーいー」

ジャスパーはもだえながら倒れた。

少年「浄化」

そう言うと少年の手の平の紋章も消え、手下達も動けるようになった。

少年「反省しろよ。お前、たぶんいろんな悪いことしてきたんだろう。その、入れ墨は不死鳥フェニックス。それで死ぬことはないが、5年その熱さに苦しみな。これで悪いことも出来ないだろう」
手下「くそーおぼえてろ」
そう言って手下達は、ジャスパーを担ぎ逃げていった。
店主「ありがとうございました」
少年「いいえ、そんなことより、これが欲しいんだけど」
店主「これは、赤、白、黒の玉。これでしたらどういうものか分かりませんし、今回助けていただきました。タダで持っていって下さい」
少年「いいの！　本当に！」
店主「ええ、どうぞ、どうぞ」
少年「そうかありがとう」
少年が出ていく前に店主は聞いた。
店主「あなたのお名前は」
少年「おれはヒュー。通りすがりの術師だ」
そう言って出ていこうとしたが、ヒューは段差につまずいた。
ただ、すぐに起きあがり、ものすごいスピードで出ていった。
そして、これからヒューの世界への大冒険が幕を開ける。

第1話　世界を変える男　　終わり

第2話　天界へ

ヒューには昔から不思議な力があった。

迷い悩んだ時、必ず決まった声が聞こえるのである。

「あきらめるな。最後まで」

そして、その言葉のおかげでここまでやってこれた。

また、何度か絶対絶命のピンチになったことがあった。

そんな時、異様に力が沸いてくるのである。そして最後には勝ってしまう。

この2つの不思議がどういうことなのか。それを知ることが出来るかもしれないと思ったのだ。

それは、ある日新聞を見た時だった。

ヒュー「謎の能力者またも現る。今度は火、今までに水、雷が報告…」

その時、彼は思った。彼らと会いたい。そして、自分の謎も解き明かしたいと…

ヒューは冒険の準備のために情報屋へ向かった。

ヒュー「おやじ、何か情報あるか？」

店員「あるとも。1つ、1Sかかる」

ヒュー「今は何個ある？」
店員「今は2つだ。2Sになる」
ヒュー「はいよ」
店員「まいど。1つ目はスターバの戦いだ。今は無の国軍が有利に戦っている。2つ目はうわさだが、コースターには人間なのに空を飛べるやつがいるらしい」
ヒュー「空を飛べる！」
ヒューは、目を輝かせた。
ヒュー「サンキューおやじ」
ヒューは一目散に出て行った。
そうしてコースターまで船を借りて漕いでいった。
コースターはジャングルに覆われている。昔、ここには1つの文明が栄えていたが、100年くらい前に絶滅した。
ヒュー「こんな所にいるのかな」
鳥の羽音や、虫などのうごめきが聞こえる。
その時だった。人ぐらいのものがヒューの頭の上を通った。
ヒュー「あれは、まさか」
そのまさかかもしれないと思ったヒューは、飛んで行った方向に向かって走り出した。
すると、荒れた遺跡の中に1人の少年が立っていた。

白い服を着ていたが、羽は生えていなかった。
ヒュー「ねえ、君ここに羽が生えた人間みたいなの来なかった？」
少年「ああ、それは僕ですよ」
ヒュー「うそ、君なの！　じゃあ羽は？」
少年「ああ、この通り」
少年は目をつむり力をこめた。すると背中から二枚の羽が生えた。
ヒュー「すごい、君は何者なの」
少年「僕は天界の使いです。この遺跡に居たもの達に１００年に一度会いにくるのです。きっかけはこの村の少年が天界の者を助けてくれたことでした。しかし、今はこのありさま。どうすればいいものか」
ヒュー「何か困るの？」
少年「困るというか。悲しいんです。すごく」
ヒュー「そうか…あのさ、変な事聞くようだけど仲間にならない？」
少年「あなたのですか？」
ヒュー「うん」
少年「それは…いや、出来るかもしれません」
そういうと少年はヒューの手を引っ張った。
少年「天界に行って許しをもらうことが出来れば」

ヒュー「天界へ」

少年「そうです。僕の腕を離さないで、さあ行きますよ」

そういうと少年は飛んいった。ヒューは生まれて初めて飛んですごく驚いた。

どれくらい経っただろう。２人は大きな空へと降り立った。

大きな宮殿があった。

ヒュー「ここは？」

少年「ガウロズ・ヘブン。私たちの城です。さあ入りましょう」

中に入るとそこは、まるでおとぎの国のような作りであった。

豪華な絵に時計、金色の壁。どれもこれも素晴らしかった。

少年「王はここにおられます」

そう言って少年はドアを開けた。

そして、そこには大きな椅子に座った王らしき者がいた。

少年「ただいま戻りました。アデルさま。この少年が私めを仲間にしたいと申しております」

アデル「おう、そうかそうか。では力がどれくらいか試そうではないか。それが、天界の掟」

ヒューはとんでもないところに来たと思った。

天界へ　終わり

第3話　ガロウズ・ヘブン

ヒューは飛んでいる時少年から話を聞いた。
少年「私の名前はカロス。あなたの名前は？」
ヒュー「ヒューだ」
カロス「ヒュー。いい名前です。ところで、これから行くところですが、あまり期待をしないで下さい。今、王政が悪化しています。
アデル王は前王とは違い、武力で抑えつけ、身分も厳しく差別しています。そして私の父も…」
ヒュー「お父さん、どうかしたのか？」
カロス「いいえ、急ぎましょう。ともかく武力の力です。あなたが勝つことが出来ればいいんですが…」
ヒュー「どうしたんだ」
カロス「いえ、アデル王は今まで１９９９戦負けなしなんです」
ヒュー「１９９９戦？　ほぼ２０００戦じゃないか。相手は？」
カロス「力自慢や、足の速い者、どんな者もやられてしまいました」

ヒュー「ともかく、勝てば幸せになれるのか？」
カロス「はい！」
ヒュー「よし、おれを信じてくれ」
ヒューは武器を何も持っていなかったのでカロスに貸してもらった。
アデル王は思っていたより大きく160センチのヒューの2倍の背があった。
アデル「さあ、この大網鉄で今日も暴れるかな」
大網鉄は網状になった大きな鉄のかたまりがいくつもついているものだ。
そして、戦いは始まった。
まず、ヒューはアデルの後ろにまわり、手を合わせた。
ヒュー「壁の城、ウォールデン」
すると、床が城に変わりアデルと同じ高さになった。
アデル「だからどうした」
アデルは大網鉄でウォールデンを叩くと、1発で粉々になってしまった。
ヒュー「ならお前を取り囲んでやる。大壁城絶対要塞」
ヒューはもっと大きく頑丈な城でアデルを取り囲んだ。
アデル「目障りだ、消えろ、ちりもろとも！」
そういうとアデルは手の平から紫の光線を反射した。
そして、それが城に当たるとみるみるうちに溶け始めた。

アデル「どうだ。これがおれの能力。毒のアデル様だ」
ヒュー「お前、能力者だったのか」
能力者とは…この世界に存在する人間の中で少数だけ特殊な能力を持つ者達、それは様々で、今、見つかっただけでも10以上の者がいる。
アデル「この能力でおれは幾度とない戦いに勝ち続けてきた。お前はこれで終わりだ。ドクドクハンマー！」
毒をハンマーにつけ、ヒューに攻撃して来た。
ヒュー「火鳥風月」
火の鳥と月の絵を手にあわせ月火鳥を誕生させ、ヒューはそれに乗った。
アデル「ちょこまか、ちょこまかと、いいかげんに受けろ」
アデルは連続で攻撃してきた。その度に毒が四方八方に飛び散った。するとヒューにも当たってしまった。
ヒュー「うわー」
ヒューは月火鳥から落ちた。

…ヒューは目覚めた。そこは薄暗い牢屋の中だった。
そこにはヒュー以外にもいっぱい（10人くらい）一緒に入れられていた。
そこにカロスが来てヒューに言った。

カロス「お目覚めですか。見ての通りあなたはアデルの勝負に負けています。他の方々もそうです。これからはここのために働かなくてはならないのです」
ヒュー「ごめん、カロス。助けられなくて」
そう言って動こうとしたが金縛りのように体が動かない。
カロス「今、動くと毒が体中に回ってしまいます。薬をさきほど飲ませました。無理せずに休んで下さい。それとまだ終わってはいませんよ。また来ます」
そう言ってカロスは出て行った。
囚人A「お前はなんでここにいる。天界の者ではないのに」
囚人B「そうだぞ。こんなところへ来たって一生働いて終わるだけなのに」
ヒュー「俺はこの国を救いたいんだ。あんな王様に抑えつけられていたら、国が滅びてしまう」
囚人C「だが、今のお前に何が出来るというのだ」
ヒュー「分からないけれど、でもきっとカロスが助けに来てくれるよ」
囚人D「そんな夢みたいなこと言って幾度となく命が奪われたんだ。それでもやるのか」
ヒュー「ああ、絶対に」
そんな話を奥で一人の大男が静かに聞いていた。

ガウロズ・ヘブン　終わり

第4話　伝説の男

囚人A「おい、どうするよ、アリオン。こいつ、とんだお調子者だぞ」
後ろの大男はゆっくりと体をおこした。
ヒュー「ちょっと待ってアリオンって、昔世界を闇から救った伝説の聖剣士のリーダーじゃ」
アリオン「そのまさかだな。おれは紛れもなくアリオンだ」
ヒュー「でもどうしてこんなところに」
アリオン「おれは昔、ここを闇から救った。だが闇の王国は諦めていなかった。俺達が世界を救った後に、奴らは世界にそれぞれの手下を送り、皇子と皇女をたぶらかしたのさ。だからおれは神の力を得るためにここへ来た。だがもうここもアデルの手に落ちていたのさ。そしてこのざまだ」
ヒュー「待って、なんでアリオンさんでも勝てなかったの？　伝説の剣は？」
アリオン「伝説の本に書き記された通りにどこかへと飛び散った。どこにあるか分からん。探しても見つからんだろう」
ヒュー「くそー。あの剣があればまだ勝ち目があったのに」

アリオン「ふっ、まるで昔の俺だな。どんどん突っ走って結局みんなに助けられる。でもいいか、ヒュー、よく聞け。時に逆らうな、他を信じるな」
ヒュー「どういうこと?」
アリオン「古い言い伝えだ。あとは自分で考えろ」
そう言うとアリオンはまた寝てしまった。
ヒュー「時に逆らうな、他を信じるな……」
ヒューは一日中、働かされる中でも考えた。

ある日、カロスがヒューの元へやって来た。
カロス「今、アデルが寝静まりました。今がチャンスです」
ヒュー「待ってくれないか！　アデルはそんなに簡単に勝てる相手じゃない。勝機はあるのか?」
カロス「ならばこれをお使い下さい」
そう言ってカロスは小さなビンを取り出してヒューに渡した。
ヒュー「これは?」
カロス「時間戻しの薬です。それを体に塗れば一時的に傷が治ります。しかし、一時的なので時間が戻れば体に痛みが戻ります」
ヒュー「そうか。じゃあ、俺の荷物もあるのか?」

カロス「はい！　もちろん」
ヒューのバッグを外で見せた。
カロスが牢屋の鍵へと手をやった。
アリオン「まて！　俺にも手伝わせてくれ！」
カロス「…」
ヒュー「いいじゃないか、カロス。手伝ってもらおう」
カロス「死ぬ気ですか？　アリオンさん！　あなたをこんなところで失えば世界はどうなるのです！」
長くはやした髭をさすりながらアリオンは立ち上がると、低い声で力強く言い放った。
アリオン「俺はこいつに懸けた。こいつに俺の命を預けた。俺が死ぬ時は、俺の剣をお前に託す」
ヒュー「ガンドラスをですか？」
アリオン「ああ。なーに、心配するな。おれが伝えておくさ」
カロスとヒューは地下へと向かうらせん階段を勢いよく降りて行った。一番下は暗くてよく見えなかった。
カロス「言い伝えでは、ここにアリオンさんが伝説の聖剣エクスカリバーを納めたと伝わっています」
ヒュー「アリオンさんは何も言ってくれなかったよ」

カロス「あなたのことを試しているのでしょう。すぐにでもエクスカリバーを手に入れてアリオンさんを助けましょう」
ヒュー「ああ、そうだね。伝説の聖剣士と言われたのもひと昔前の話だって自分で笑っていたし、あの人を絶対に失うわけにはいかない」
囚人の服をゆらゆらとゆらしながら裸足で一生懸命かけていった。
アリオン「よお、アデル。ここで少し痛い目見てもらうぜ」
アデルの部屋にこっそり忍び込んだアリオンは、スパークガンドラスを見つけると、古びた鞘を抜いた。ピカッとせん光が部屋中の四方八方に飛び散った。
ガーガー寝ていたアデルもそれに気がついて目を覚ました。
アデル「よく来たな負け組聖剣士よ。やはり、生かしておくべきではなかったようだな」
アリオン「あの時の俺は、この剣を抜かなかった。この後に来る希望の光には負けるが、お前1人なら十分やれるさ」
アデル「おれ1人なら?ここをどこだと思っているんだ。1人でガーガー寝ているわけなかろうが！」
道具などの物陰から無数の黒服が出て来て一瞬でアリオンを取り囲んだ。
アリオン「久しぶりに暴れるぞ」
ガンドラス「何十年ぶりだろうな。俺の力、存分に使え！」
またもや、剣は光輝いた。戦いは始まった。

第5話　エクスカリバー

ヒュー「つ、着いた」

らせん階段の最下部には、大きな岩が3つ並べられていた。

カロス「ヒューさん。これを見てください」

壁に書かれた古文書のようなものに目をやると、エクスカリバーについて書かれていた。

ヒュー「エクスカリバーは、真実を映し出す剣。時にさからわず、他を信じないもののところで輝くだろう…」

すると、ゴゴゴッという地響きによって、3つの岩がそれぞれ崩れおちた。その岩の中には3つの扉があった。

「進み過ぎても止まっても、みなを困らせるものをそなたが信じるのであれば、この扉をくぐれ」

「あなたが、この扉をくぐれば必ずエクスカリバーにたどり着く。しかし、この扉の右側を通れば地獄へと繋がるだろう」

「あなたが、この扉をくぐれば必ずエクスカリバーにたどり着く。しかし、この扉の左側を通れば地獄へと繋がるだろう」

カロス「どれにするべきでしょうか？」
ヒュー「俺は、自分を信じるよ」
そう言ってヒューは一つの壁に手をやった。
アデル「くっ、まあ、ザコどもくらいは余裕か」
アリオン「ふぅ、あたりまえだ。聖剣士がここで倒れるわけには…」
ドサッ。アリオンは急に廊下に倒された。
アデル「私が何も考えずにザコどもを使っているとでも思ったか？　ザコどもの剣にはしっかり猛毒を塗っておいたさ。さあ、もっと苦しむがいい」
アリオン「くそっ、ここは、力を解放するしかない」
ガンドラス「やめろ、アリオン。もうその力を使うことはしないと言っていただろう。体が持たないぞ」
アリオン「大丈夫さ、ガンドラス。さあ、剣の力を…」
アデル「何をごちゃごちゃやっている。かかれー！」
大量の手下達がアリオンに飛びかかった。
アリオン「ラストパワー。ザ、ファースト！」
アリオンが剣を振り下ろすと煌々しい光に包まれて、手下達は猛毒のついた剣だけを残して、次々と消えていった。
アデル「くそー！ならばオレ様が！」

アリオン「（まだか、希望よ。俺もそろそろ限界だ！急げ！）」
ズガガ、と壁が崩れ落ちるとヒューとカロスの前には1本の細い道が続いていた。アデルぐらいの大男は、絶対に載れないような道だ。
カロス「いきましょう、ヒューさん」
ヒュー「ああ」
1本道に足を踏み出すと周りの景色が見えてきた。それぞれの扉の後ろには失敗者を食らうための毒ヘビたちが用意されていた。
カロス「それにしても、ヒューさん。どうしてここだと分かったんですか？」
ヒュー「アリオンさんに言われたんだ。『時に逆らうな、他を信じるな』ってね。その言葉は、この難関をクリアするためのヒントだったんだよ。一番左の扉の答えは『時計』で、この扉を打ち破ることは時に逆らうことだ。他の二つの扉は『他を信じるな』という助言から考えると逆を示していると思う。でも『右側を通れば』と書いてあっただろ」
カロス「確かにそうです。両側の扉にはそれぞれ『右側を』『左側を』と書いてありました。それで分かったんですね」
ヒュー「さあ、説明はこれぐらいにして先を急ごう」
とは言っても細い道は続く。また、すぐ隣は切り立った崖で簡単にはいかなかった。
ヒュー「（エクスカリバーは真実を映し出す剣。どこかにその答えが映し出されてるはずだ。どこだ！　どこなんだ！）」

ピカッと目の前に光の粒子が集まってきた。

ヒュー「(まさか…どこなんだ⁉　聖剣に宿るといわれる意思か⁉)」

その光の粒子は一つの集合体となり、一人の男へと形造られた。

カロス「あなたは！　父さん⁉」

カロスの目は映っているものを信じ切ることが出来なかった。

エクスカリバー「我が名はエクスカリバー。これが私自身であり、意思である」

ヒューの目が心に決めたものになった時、集合体は光とともに剣の形へと変化して、ヒューの差し延べられた両手へと落ちるのだった。

第6話　希望

ズガガガ。壁へ吹っ飛ばされたアリオンは、左目から血を流していたが、意識はしっかりしていた。
アデル「伝説の聖剣士が自分から弱っていくとは、年老いたものだな…」
アリオン「まだだ。ラストパワー、ザ・セカンド」
アリオンに付いていた防具が外れて足へと集合し、羽のようになった。一歩踏み出すと姿は見えなくなり、シュッシュという動き回る音だけが微かに聞こえていた。

アデル「無駄なことを」
次の瞬間。アデルが左腕を空中へとかざして、ガシッとアリオンの頭をつかまえた。
アリオン「ぐはっ」
アデル「ばかばかしい小細工はやめろ」
アリオン「ふっ、もう終わりさ。希望がもうすぐやってくる」
苦し紛れに、とぎれながら答えるアリオンの頭を、さらにアデルが強く握りしめた。
アデル「いまいましい。へらず口はぶっ壊してやる！」
ヒュー「そこまでだ！」
颯爽とヒューがアデルの前に現れた。
アデル「まさか希望とはこいつのことじゃないだろうな？」
アリオン「彼が希望だが？」
グワッハッハッハッという大笑いとともに、アリオンをヒューへと投げつけたアデルは、腹を抱えた。
アデル「見誤りすぎにもほどがあるぞ！　元聖剣士よ。奴は、俺が本気を出さずに勝った男だ。それが希望だとは、とんだ期待外れだ」
ヒューは体中傷だらけのアリオンをカロスに託すと言い放った。
ヒュー「俺は、おまえを許さない。俺はお前を倒す！」
言い放つと白きオーラがヒューから溢れ出て、アデルの方まで伝わってきた。するとアデルはため息をつきながら答えた。

アデル「はあ、まったく話にならない。俺がお前に倒されるなど、一生に1回も存在はしないのだー!!」

黒きオーラがアデルから出て来て、ヒューのオーラとぶつかった。バチバチという音が聞こえてくる。

ヒュー「いくぞ」

アデル「来るがいい。2度と動けぬように闇へと葬り去ってやる」

走り出しながら腰にさしたエクスカリバーにすっと手をやると、光が彼を包みこんだ。空気抵抗で流線形に包まれながらも、しっかり剣を手に握りながら、アデルへと突っ込んでいった。

ヒュー「(神の力よ。一瞬の光よ。我に最大の正義を!)」

アデル「(神は私だ。あの方の命により殺す!)」

アデルの振りかざした大網鉄をひらりとかわすと目にもとまらぬ速さで、アデルの腹を十字に切り裂いていた。

アデル「ぐわー。こ・れ・が終わりというものか」

アデルが倒れ込むと無数の闇の粒子がどこかへと飛び散って消え、アデルの姿も消えていた。ガウロズ・ヘブンは全体が光に包まれ、アデルの頃とは見違えるほどの美しい城に変わった。

ウオー！　ウワー！　全てが元に戻ったことを知るとガロウズ・ヘブンの者たちは老若男女かまわず抱きあって喜んだ。うれしさに涙する者もいた。
アリオン「これで、また、あの美しさを取り戻せた。ありがとう」
ヒュー「はい」
差し出された手にしっかり応えてがしっと握手を交わした。
カロス「ヒューさん。本当にありがとうございました。もう一度父に会うことが出来ました」
ヒュー「これ、君に返すよ」
すっと差し出すヒューの手を、カロスは首を横に断った。
カロス「何を言ってるんですか！　僕も一緒に行くんですから、大丈夫です」
ヒュー「ほ！　本当に！　やったー」
その日は城中で歌い踊り騒いだ。
ただ、彼らは次の旅へと準備を進めていた。

第７話　世界の闇

次の日の早朝、ヒューとカロスは、アリオンに見送られて密かに城を出ていった。

その日の空はいつもより暗く何かがどんよりとしていて、誰かがどこかで彼らを覗き見ているようだった。
すると、黒く染まった雲の中からうごめく霧がヒュー達を包み込んだ。それが時に人のように、怪物のように３６０度うごめき回る。
カロス「霧の番人です。こいつは、強い光で追い払えます」
ヒュー「よし来た！」
アリオンから貰った立派な鞘からエクスカリバーを抜き、天へと突き出した。７色の光が霧の番人を包むと、奴は苦し紛れに悲鳴のようなものをあげて、逃げていった。
ヒュー「あいつはいったい何なんだ」
カロス「姿を持たない生きた霧。黒海から来た闇の使者です」
ヒュー「闇の使者⁉」
カロス「ええっ、今の戦国の世はその黒海にいる名の明かされていない、権力者によって起こっていると言われています。しかし、まだあなたには早すぎる話です…」
ヒュー「いや、やってみる価値はあるんじゃないか？」
カロス「いいえ、行ってはなりません‼　行けば帰れなくなる」
カロスは、いつもと違う卑屈な表情を浮かべた。
カロス「あれはもう、グランドガーデンのような美しい花が咲き乱れるところではないんです‼」
ヒュー「グランドガーデン⁉　あの伝説聖地は黒海にあるのかい？」

カロス「ええ、そうです。我々はあそこで何百年も生活してきました。しかし、あの恐ろしい黒の騎士団によって多く人が殺され、美しい海は黒く染まりました。我々は、ガロウズ・ヘブンという隠れ城を作り、はるか上空に身を潜めました。それから100年が経ち、あの地上の村が壊されたように黒い力があなたたちの世界を動かし始めました。ガロウズ・ヘブンも闇に染まりました。ただ、その時はアリオンさん達によって一度は元に戻りました。そして、彼らは世界の闇を打ち払い一時の平和が訪れました。ですが、闇の王は裏から手を引いていて、この世界の王であるゾディアックを暗殺。また世界が闇の魔の手によって操られ、この大戦乱になったのです」
ヒュー「そして、アデルがやって来た…」
カロス「はい、おっしゃる通りです。そして、アリオンさん達は、それぞればらばらになってしまい、聖剣士5人が集まることは二度とありませんでした。それからはあなたの知る通りです」
ヒュー「君はグランドガーデンが今どうなってるか、知らないんだろ。だったら取り返しに行くべきだ」
カロスは首を横にふった。
カロス「あそこを取り戻すのは仲間を増やしてからにしましょう」
ヒューは、カロスに説得され、渋々あきらめた。
2人は3時間ほどかけてコースターに降り立った。

カロスは羽を戻すと、石に座りこんだ。
カロス「それぞれの国にはその国を守る守護剣が治められています。アリオンさんによるとガロウズ・ヘブンのエクスカリバーのような役割らしいです」
ヒュー「この剣のような？」
カロス「そうです。そして、その剣は来るべき時、来るべき者によって使われると言います。しかし、時代は変わり誰が適合者か分からなくなってきています。私たちはまずその適合者を捜すことから始めましょう」
ヒュー「あてはあるのかい？」
カロス「ええっしっかりと。アリオンさんの友人の方は情報屋だと聞いています」
そういうと白い聖装のポケットから一枚の紙を取り出した。
そこには、小さな町の路地の地図と、ゲッペルという名前が書きこまれていた。
ヒュー「よし、行こう！　パンドラ城下へ‼」

第8話　能力者

ドドン。パンドラ城には煙が立ち込めて、嫌な雰囲気が漂っていた。
兵士「早く取り押さえろ」

バーン。すさまじい火の粉が取り押さえようとした兵士をなぎ倒していく。

ヒュー「なんだあれ？」

1人の男が片手から火の粉を放っていた。ぶ厚いローブをかけた男の顔を見ることは出来ない。と、男は腰を身構えると両手からありったけの火の粉で自分を包み込んだ。

人だかりは、火を怖れて転げるように逃げて行く。しかし、ヒューはそこで見た。左目が傷跡で完全に見えなくなっている男の顔を。すると、スッと男は炎と化した火に姿を消した。火が消えた頃には、そこに誰もいなかった。

カロス「見たんですか？」
ヒュー「ああ、またどこかで会うかもな。それよりもその服どうにか出来ないか？」
カロス「いけませんか？」
ヒュー「一応人間界だからな」
カロスは嫌がりながら渋々了承し、近くの服屋で着替えた。安くしてもらうために白が少し茶色っぽくなった町の服に袖を通した。
ズボンはゴムのスパッツで靴はトンガリ靴、ベルトにはパンドラ王が刻まれていた。
ヒュー「似合ってるよ。あまり目立つのは良くないから、これからはその服でいるようにしよう」
カロス「そうですね」

似合っているといわれて、うれしくなったのかカロスは鼻歌を歌いだした。
カロス「ここです」
そこは、中央通りから外れた、知識の道と呼ばれる道の小さなさびれた情報屋だった。看板は斜めり、今にも取れそうだ。
コンコン。
男「誰だ、こんな日に?」
がっしりした体型でシェフのような白い服を来た男が姿を現した。
男「おお、お前らか?　街で悪さしたのは?」
カロス「いいえ、私はアリオンさんにあてを言われ、ここに来ました。力を貸してほしいんです、オシリスの使い手で知識人だったアグネスさん、あなたに」
アグネス「お前より、おれはそっちの奴に興味がある」
ヒュー「え!?　おれ!?」
アグネス「そうさ、このオーラは能力者のオーラだ。お前なら何かを変えられるかもな」
そう言うとアグネスは白い歯を見せてにやりと笑った。

フィルム０　ザ・ワールドフィルム

～過去から現在へ～

※これが書かれたのは、世界の王ゾディアックが暗殺されるまでの歴史である。

目次

1

君たちは、アリオンの冒険を知っているか？　この冒険書は、聖剣士アリオン自身が物語風にその数々の冒険を書きつづっている。そして、数々の伝説が生まれた。

この物語を読んでいくには、これをしっかりとチェックしておく必要がある。しかし、全てを読む必要はない。

アリオンの一番の友人である私、ゲッペルが要点をまとめて説明しよう。


まず最初に聖剣だ。聖剣士達5人が使うこの剣は、彼らにしか使いこなせないものだった。剣は適合者を選ぶ。それぞれの剣には、

「来るべき時、来るべき者によって道を切り開かんとす」と旧文字で刻まれている。

剣は5種類ある。

アリオンが使用していたガンドラス。この剣の適合者は、導く者、つまりリーダーだ。5本の中で一番の正義感の持ち主である。

次に、アグネスの使用していたオシリス。類まれな知性を持ち、リーダーの参謀となるような者が適合者だ。バランスのガンドラスと違いディフェンスに特化しているのも特徴

の一つだ。

スパークはゼハールが使う剣だ。常人以上の脚力と一瞬の判断が出来る者が適合者だ。スピードに特化している分、アタックとディフェンスに難がある。

アクラスは、これらの剣の中で一番弱いが、治療をすることが出来るところが特徴だ。カルデラのように心優しい真心のあるものが適合者だ。

デスは、ガルーダが使う剣だ。一番強力で、一番危険な剣ということで知られている。少しでも心を奪われれば、闇の力に包まれて二度と戻れなくなる。ガルーダは、アリオン達の力で危うく闇に染まるところだったのを取り止めた。


聖剣は、この5本だけではなく、他にもある。今ここに世界地図が出ているが、それぞれの国に守護聖剣というものが存在する。

まず、長男のゾーズが治め、ゾディアック城のある赤の国は、レッド・アイ。燃えさかる豪火を模した聖剣で残虐さと情熱の2つの力を持つ。この世界がゾディアック王に統一される前から存在したもので世界最高の聖剣だ。だが、記録上ではその力の大きさ故に誰も使いこなせなかったという。アリオンも同様だ。冒険のクライマックスで登場するが、ある場所では謎に包まれ使われなかった。

次女のナータが治める無の国の聖剣は、タスタロッサ。この聖剣は、レッド・アイとは違い比較的新しい聖剣で、統一後に無の国の守護剣として作られた。

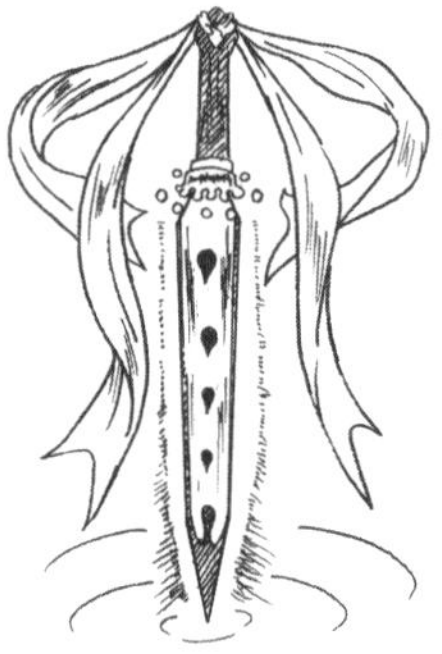

青の国の聖剣
（シー・ブリッズ）

無の国の聖剣
（タスタロッサ）

赤の国の聖剣
（レッド　アイ）

ナータは魔術に凝っており、あまり民には知られていないが、無の国にはいたるところに魔法があふれている。その動力源と言えるのがタスタロッサだ。パンドラ城の最上階に納められていて、特に城内の六星天階段に強い魔力があるらしい。

長女のエマの治めている青の国の守護聖剣は、シー・ブリッズ。水の都、ウォルトの約8割がこの聖剣の力で動いている。また、治療技術は世界トップなため、毎日のように患者が訪れる。この技術も剣の力だ。この剣もタスタロッサと同じように作られた。基本的に戦闘で使われることはないため、五重荘陣に納められている。

三男のシーザーが治める白の国は、白き翼であるエクスカリバーと兄弟剣であるカオスセイバーによって守られている。エクスカリバーとほぼ同じ能力を持つが、全体的な力で

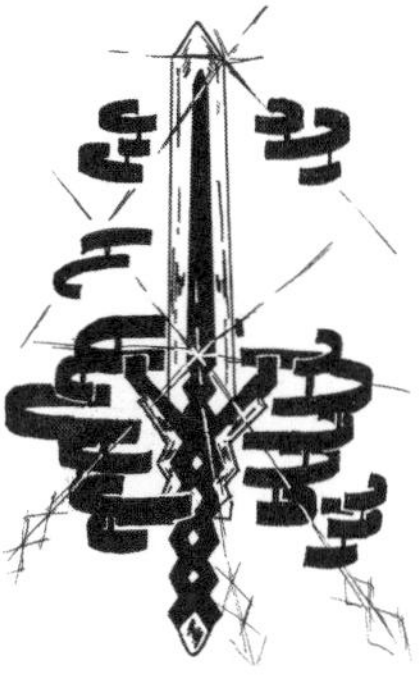

白の国の聖剣
（カオスセイバー）

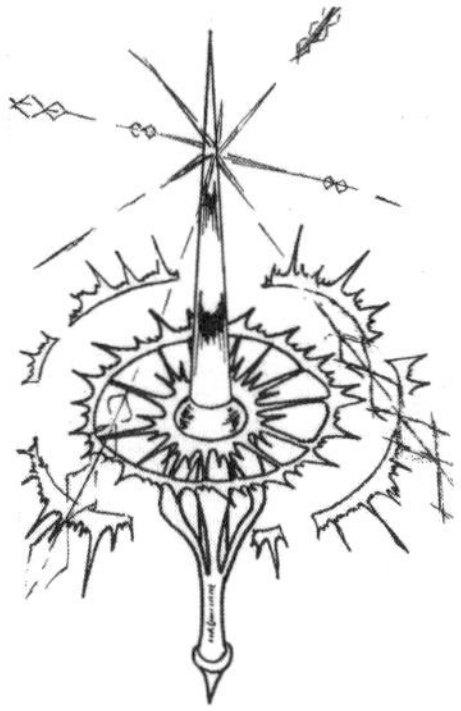

黄の国の聖剣
（サン・ラゴン）

緑の国の聖剣
（リーフ・リーン）

は劣る。ただ、後ほど説明するがシーザーの工業化革命が成功したため、ここではあまり守護剣が活躍したというデータは残されていない。

三女のジュリアが治めている黄の国の守護剣はサン・ラゴンだ。太陽の国と言われている黄の国は、この剣によって陽が沈むことはなく、砂漠に覆われている。この剣が一番新しい剣で6つの守護聖剣の中で唯一、気候を変化させることができる。ただ、主な能力がそれしかないため戦いには向かない剣でもある。

最後に、四男のセシルが治める緑の国の守護聖剣リーフ・リーンだ。大自然の中心にあるマジカルリーフの中にあると言われる聖剣だが、このごろダンゴロブンブンが大量発生しているため、あまり目にすることが出来なくなった。自然のバランスを保つことの出来る剣ではあるが、近年、異常発生などのニュースをよく耳にする。セシルも頭を悩ませているらしい。

古の伝説

2
DiARY
Z.I
(ゼル・イグシル)

第一世紀四十年

40L-79W

ゾディアック王がこの世界を治めて40年と79日。一年三百日とお決めになり、それぞれに誕生日というものが与えられた。
今日は、私が生まれた日だ。まだ、世紀の半分しか生きていないが、今日から自分で大事なことを書き残そうと思う。

40L-99W

私は、今日、王の命により特攻潜入部隊に配属された。この部隊は、聖剣士達と共に黒海へ乗り込み、悪の黒幕を倒すという重要な役割を担っている。私は、ガルーダさんの下に就くことになった。
この仕事で一旗揚げて上位に食い込んでやる。

40L-108W

潜入して一日半が過ぎたが、灯りなしでは、黒海は進めないようだ。まとわりつくような黒の霧のなかでは、20 m先を見るのがやっとだ。

だったとは、私は事実を知った。
あの人は私に覧時大頭統という地位を与えて下さった。私はこの世界を捨てる。

3

ある朝のことだった。起源の地グランド・ガーデンに1人の邪神が生まれた。善があれば悪もある。世の成り立ちがここに完成した。

邪神は、神を襲ったが失敗し、世界の端へと追いやられた。すると邪神は、自らを生贄にし、海を黒く、暗い世界を作った。それが黒海である。

黒海からは続々と悪の生き物が生まれた。そして、世界が黒い霧に染まった正午、グランド・ガーデンは襲撃された。黒の騎士団と呼ばれる人間の集団が天界の者達を自らの使命のためだけに殺めていった。グランド・ガーデンが闇に染まったことで、黒海は世界中の大陸を包みこむように広がった。

天界の人々は、ガロウズ・ヘブンという隠れ城を作り、そこにひっそりと身をひそめた。

それから百年間、人間界では闇の騎士団の手によって少しずつ汚されていった。ただそこに善の人間が現れる。アリオン達聖剣士だ。アリオン達は、攻め込まれたガロウズ・ヘブンを元に戻し、人間と協力して悪を倒して欲しいと天界の人々に頼み、人々はそれを了承した。葬られた地や2世界の狭間など、次々と世界を浄化させていった。

グランド・ガーデンで闇の王を倒し、現国王ゾディアックに国の政治を託すと、彼らは散り散りに去っていった。

4

私が邪神エレスとあったのは、人間界とグランド・ガーデンが別々に存在し、黒海が生まれる前のことだった。天界の人々と我々人間はロマネスクの法則で繋がっているとエレスは言った。

ロマネスクの法則。それは、人の心の集合体が天人であり、人が滅びる時天人は死に、天人が死ぬ時人は死ぬという法則だった。邪神エレスは、我々人間の少しずつの悪が集まり形を造ったのだ。エレスは、神を襲うと言ってきた。

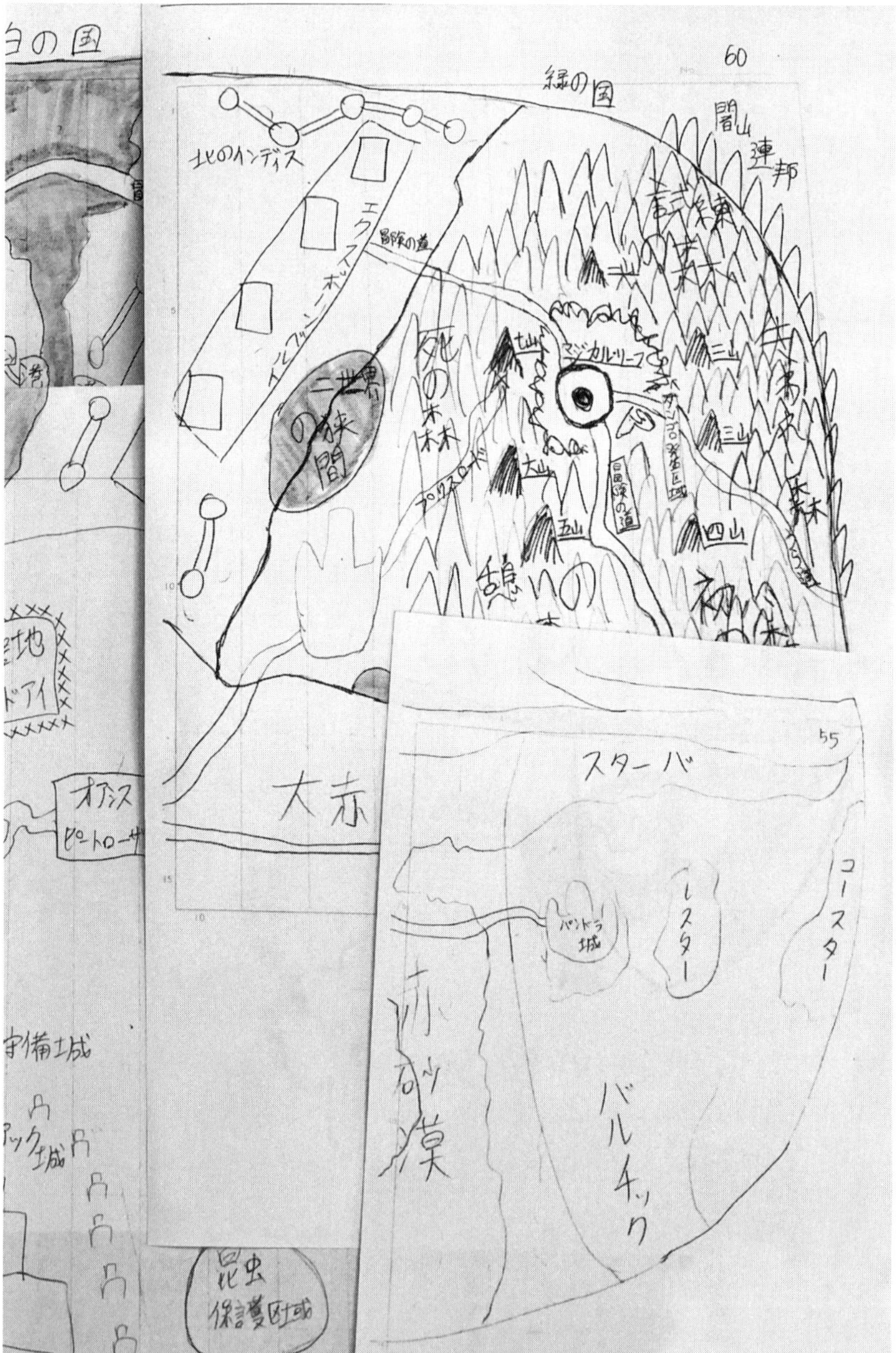
緑の国
60
闇山連邦
冒険の道
死の森
二世界の狭間
マジカルリーフ
七山
三山
大山
五山
四山
大赤
55
スターバ
コースター
レスター
パンドラ城
赤砂漠
バルチック
オアシス
守備城
昆虫保護区域

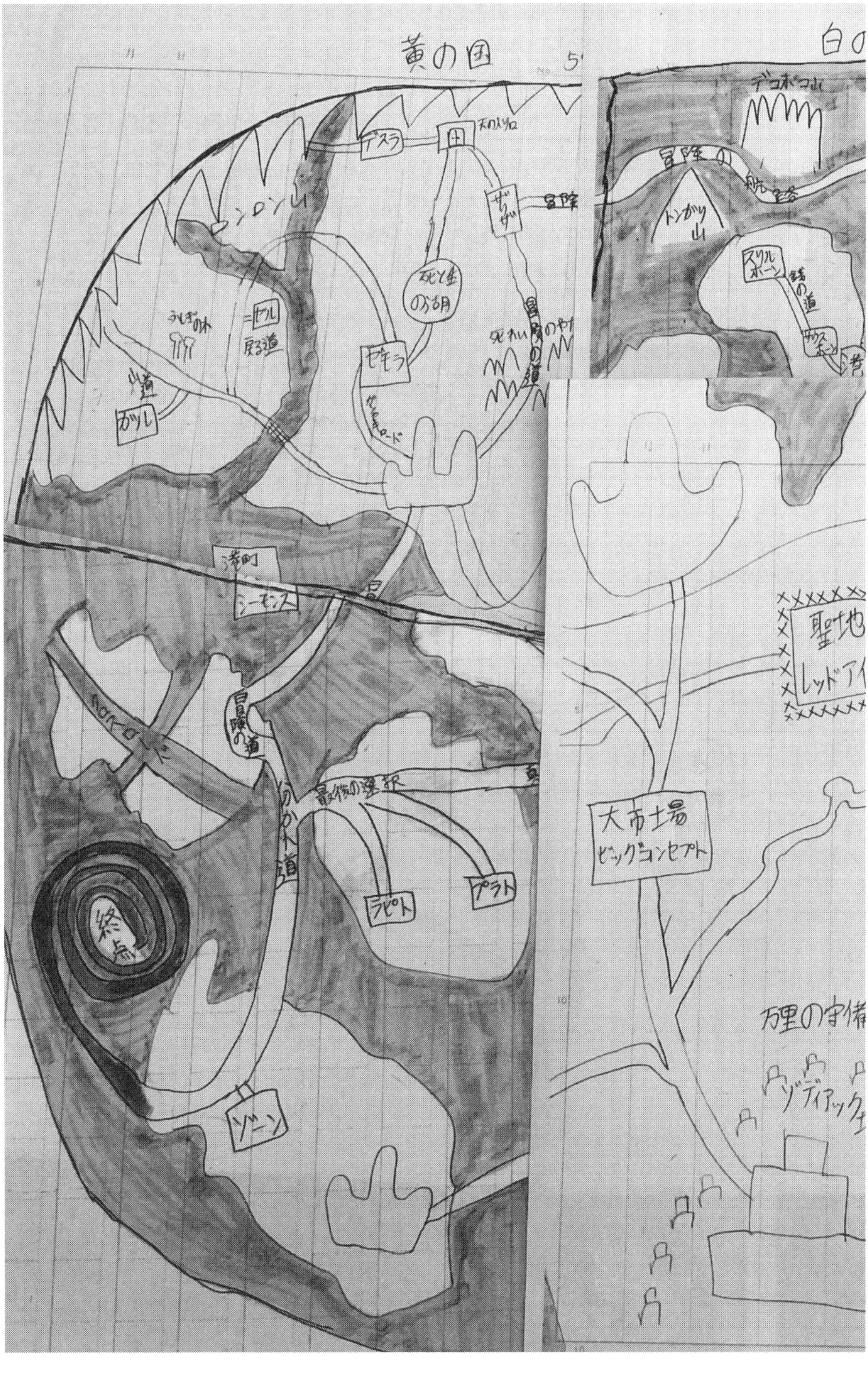
黄の国
デコボコ山
トンガり山
デスラ
ゼモラ
死と生の湖
港町
シーモンス
冒険の道
最後の選択
ラピト
プラト
終点
ゾーン
大市場
ビッグコンセプト
聖地
レッドアイ
ゾディアック

未完成集

木龍―未来を詰めた―

これは、江戸時代、密かに旅をしながら、人々の命を数多く救った世にも珍しい剣豪の物語である。（2014年から執筆）

1　は・じ・ま・り

6月の日差しがその男に降り注ぐ。彼がゆっくりと新たな町へ歩き出していた。
彼の名は木龍。木刀の剣豪である。
世は戦国。数多くの戦いが起こる中で「1人殺さず」を誓った男がいた。

そして今彼の旅が始まる。

木龍には親がない。正確にはいなくなったのだ。物心着いた時には道場に居た。道場の名は八龍宮である。それで訓練をした。木龍は初めて名を得る。この木龍という名を。

木龍は今、駿河のこの道場を出て行く。

「長い間、お世話になりました」

「行くがよい、己の進む道を」

「はい」

道場の長10代龍山に挨拶をして、木龍は道場を後にした。

「これでまた希望が旅立っていきよった」

10代龍山は独り言を言った。


木龍は京に向かっていた。ある男を探すために。その男の名は陽龍。八龍宮にはその名の通り8つの龍派がある。そして、その上には知られていない謎の龍派が存在するというが、誰もその存在を知らない。

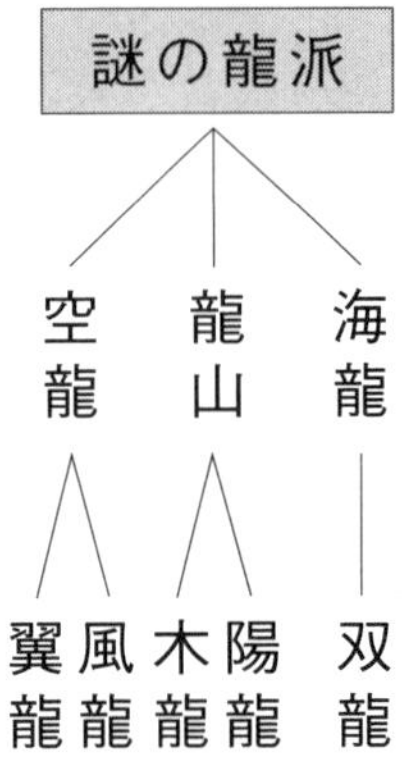

陽龍は木龍と同じように龍山の弟子である。昔から競い合ってきた仲だった。だがなぜ、今木龍が陽龍を探すのか。それは、木龍が日本の平和のために動き出したからである。そのためにはまず仲間を作ること。そのために木龍は琉流に向かった。

木龍は陽龍と同期だった。一緒に稽古をし、一緒に汗を流してきた。故に気心が知れている。

木龍はまずそこから仲間にしようと思ったのだ。木龍はまず大阪に向かった。

その道中。彼は一人目の仲間を見つけるのである。

2 旅路

森が続く道を木龍は歩いていた。

ふと彼の後ろをつけてくる者がいる。

「誰だ」

彼はその者に問う。しかし、彼は答えない。

木龍はまた歩き出した。するとまた奴もつけてくる。

すると、木龍は木刀に手をかけると後ろに向かって左から右に切り裂いた。ものすごい風圧が奴を襲い木まで吹っ飛ばされた。

「うう」

奴は地面に倒れ込んだ。

「そなたは何者だ」

「わ、私は猿吉。見習いの忍者でございます」

「なぜ、私をつけた」

「私はここで修業をしていました。そこであなたさまが通りましたので、少し腕だめしをしようと思いまして」

「手合わせか。いいだろう」

「ありがとうございます。では、始めます」

すると猿吉は音もなく木の上へと消えた。また、異様な静けさが広がる。猿吉も今度は本気で気配を消していた。

ガサッ。わずかな音に反応して、木龍はさきほどと同じ攻撃をした。

しかし、そこにはいなかった。すると真後ろからくないが飛んできた。

木龍は身をひるがえしてよける。するといくつもの網が木龍を襲う。とらえられた木龍はなんとかして切り裂いた。

「はっけい」

猿吉は正面を突き気を放った。

「木の葉返し」

木龍はその攻撃をいとも簡単に返した。

「うわー」

猿吉は吹っ飛ばされた。

「もはや、これまでです。お見それいたしました。急ではありますが、あなたさまのお供をさせてはもらえないでしょうか」

「でも、なぜおれなんかに」

「忍者なら、主君につくすもの。私の友人の忍者達もそれぞれ主君を見つけて旅立っていきました。気づいたら私一人がこうして残ってしまった訳です」

「なるほど、いいだろう。気がすむまでついてくればいい」

「ありがとうございます。して、どこへ向かわれますか?」

「京へ行く。ちと、探している奴がいるのでな」

「そうですか。京になら行ったことがあります。私についてきて下さい」

そして、木龍と猿吉は京へ向かった。いくつもの山や谷、崖を越えて10日目の朝になった。

彼らはねぐらにしていた洞穴から出てきた。

「後、10日ばかしでつくと思います。ゆっくり行きましょう」

「そうだな」

そんなことを話していると、ふいに木龍は人の気配を感じた。

「誰だ!」

すると、どこからともなく一人の男が木龍に切りかかってきた。

無題 小説

ドカン！

それはいきなりやって来た悲劇だった。そしてその事実が僕の運命を変えるとは予想もつかなかった……

プログラム1　運命

そうそれは、今となっては運命の始まりだったのかもしれない。

僕は、初夏ある日の深夜遅く空を見ていた。その時だった。目の前に顔が表れたのだ。もはや、それは顔とは言えなかった。かみの毛は抜かれ、歯は取れ、目はすこし飛び出ていていてぴくぴくうごいている。じつにむごい。

そして、空を見ると、一人の男が浮かんでいた。そして、音もなく消えた。

「消えた！」

僕は今あったことが、信じられなかった。そして、窓にぶつかった男は光の粒子的なものになって消えた。

おっと、ここで僕を紹介しよう。と言っても、まだ続きがあるからちょっとだけ。

僕の名前は紅蓮。中3で勉強を頑張っている。トップ5入り出来る切れもの、なんちゃって。

そうそう好きなスポーツは陸上の短距離。もちろん部活は陸上部。（だったんだ）

聞いててわかると思うけど中3というと受験という時だ。その時事件は起こったという訳さ。

まあ、そんな訳であたりまえだけど、その夜は寝られなかった。

その中ですごく痛かったのはそれがテスト前ということ。でも、頭の中が真っ白になった訳じゃなくて良かったと思った。

で、今は翌朝ってところだ。


蓮は、朝起きると真っ先に台所に向かった。いつもと出来るだけ変わりないように振舞った。出来るだけ心配はかけたくないのだ。でも心の中は不安だらけだった。

蓮の通う学校は、清洲第一中学校だ。蓮は学校に着いた。そうするとうわさが広まっていた。

「おい、蓮」

友達の平林空人が声を駆けてきた。

「今日、転校生がくるらしいぜ」

「へえ。で、女子」

「いや、男子だよ。でもおかしいよな。今ごろ入ってくるなんてな」

「ああ」

その時蓮の頭の中には昨日の男のことが浮かんでいた。

「で、おれたちのクラスだってよ。あ、もう時間だ。いこうぜ」

蓮は空人と一緒にクラスへ向かった。


教室はがやがやしていた。先生が入ってきた。

なんやかんやで朝の会が始まり、先生に
「入りなさい」

と言われ、男子が入ってきた。

「ちぇ、違うのかよ」蓮は心の中で思った。あの男が来るなんて思った自分があほらしかった。

そして、その男子は挨拶をした。

「無造カイトです。よろしく」

「今度から一緒に勉強することになる。受験まで期間は短いが仲良くしてやってくれ」

「はーい」

そんなところで、朝の会も終わり1時間目の授業に入った。カイトは、おれもあまり話したことのない女子、地川ユイの隣に座った。

蓮は授業に集中できなかった。カイトのことがすごく気になってしまったのだ。でも、あの男とは似つかないほどの奴だった。


1時間目の授業が終わり、カイトが蓮に声を駆けてきた。

「君が蓮君だよね？」

「ああ、そうだけど」

「君に会いたかったんだ」

「ど、どういう意味だ」

蓮はびっくりした。

「じゃあ、昼休み屋上にきてよ。そしたら分かるから」

そして、昼休みに蓮は屋上に行ってみた。

「だれもいねえじゃん」蓮は舌打ちをした。そして教室に戻ろうとした。

「待ってよ、蓮君。僕ここにいるよ」

とつぜん上の方から声がした。そして、上を向いて見ると、カイトが宙に浮いていたのだ。

びっくりして蓮は尻もちをついてしまった。

「ああ、ごめんびっくりした」

スタッとカイトは地上に降りた。そして、手を差し出した。その手に手をかけ蓮は立ち上がった。

「おい、これは一体どういうことなんだ」

蓮は動揺していた。

「いっかい落ち着いてくれるかい」

「あ、ああ」

「よし、じゃあ言うけど。君はこいつを見たかい？」

それは、あの男の写真だった。

プログラム2　選ばれし者

おれの名前は紅蓮。おれは初夏のある日とんでもないものを見てしまった。そして、学校でもまたとんでもないことが起こってしまった。

「そいつは……」

「やっぱりそうか…」

カイトは黙って考えた。それから言った。

「こいつは、魔界の使者なんだ」

「ま、魔界？」

「そうさ」

「魔界ってなんだ？」

「ああ、悪い。説明してなかったな。魔界っていうのは、下界の下にある地界の下に位置する場所のことを言うんだ。絵でいうとこんな感じだ」

　そして、カイトは絵を見せた。

絶界
天界
下界
地界
魔界

「そして、僕は、下界の上の天界のまた上に位置する絶界からきたんだ。そして、僕に与えられたミッションは、有能な者を探し、その人達とともにこの男を倒すことさ」

　カイトはまたさっきの男の写真を見せた。

「それで君は選ばれてしまった者なんだ」

　蓮はあっけにとられていた。今聞かされたことが普通に理解出来るだろうか
普通出来るはずがない。だかしかし、蓮はなんとか理解しようとした。

キーンコーンカーンコーン。チャイムが鳴って昼休みが終わった。

そして、全ての授業が終わり、帰りになった。蓮はいつも途中まで空人と帰っているが今日は1人で帰ることにした。

蓮は1人で狭い道を歩いていた。その時だった。地下から気味の悪い奴らが現れた。

「うわー」

蓮は逃げようとした。しかし、反対側からも出て来て塞がれてしまった。ウォォォ。気味の悪い奴らがどんどん近づいてくる。

その時だった。

「うおおおー」

空からカイトが落ちてきて、先頭にいる奴らを切り倒した。そうするとそいつらは消えるようにいなくなっていった。

カイトはどんどん倒して行く。すると1本の道が出来た。

「行くぞ」

蓮はカイトに連れられて大きな道に出た。

「ここまで来れば大丈夫だろう」

「な、なあ。どうしておれがここに居るって分かったんだ」

「話は後だ。今はうちに帰ろう」

「でも、お前の家は?」

「ああ、おれのうちは、お前のうちの２階だ」

「どういうことだ」

「おれ達絶界の者はあまり人間と関わっちゃいけないという掟があってね。まあ、そういうことで普通の人には分からないところに住むのさ。後で案内するよ」


そして、蓮達は家に帰った。

カイトは普通の人には使えない道を使って自分の部屋へと帰っていった。

ここで蓮の家族について触れておこう。父は信次。母は、愛。父は普通のサラリーマンで、母は、パートで働いている。共働きなので、その中で蓮は１人勉強も頑張ってきた。そして、１人の夜にあの事件は起こったのだった。


では、話に戻ろう。蓮は荷物を置いた後で、カイトに言われたとおり自分の部屋の壁に手をあてた。すると、手が吸い込まれて体全体が入り込み、新たな部屋へと移動した。

「よう。遅かったな」

そこには、カイトがいた。片付けられたきれいな部屋だ。

「じゃあさっ……」

蓮が言おうとしたがカイトが止めた。

「話をする前にこれを受け取ってくれ」

それは、赤いオーラを帯びた。60センチ位の剣だった。

そして、その頃…

「奴らが動き出した。こちらも早めに事を進めろ」

「はっ」

にや。あやしい笑みを浮かべた奴がいた。

プログラム3　特訓の日々

おれの名前は、紅蓮。おれは、初夏のある日の夜に起こった事件から運命が変わった。

無造カイトという転校生と出会い、そして今、剣を受けとったところだ。

「これは、何なんだ」

「火の剣サンシャイン。君の武器だ」

「だけど、こんなもの持っていたら怪しまれるよ」

「大丈夫さ。これは、小さくなれと念じればストラップぐらいになるよ」

そして、カイトはそれをやって見せた。シュウ。小さくなった。

「でも、また大きくするには？」

「今度は、大きい声で自分なりにかければ大きくなるよ」

カイトはそう言って蓮に剣をわたした。

「大丈夫さ、絶対に出来る」

「ああ」

蓮は集中した。深呼吸する。蓮はストラップをつかみ自分の目の前にかざした。

「現れろ、サンシャイン」

蓮は大きい声で言った。すると蓮がつかんだストラップが光り、気がついた時には、蓮の手には大きくなったサンシャインが握られていた。

「すごい、出来たじゃないか。初めてにしてはすごいよ」

「で、出来た」

「よし、じゃあ次は戦闘訓練だ」

「せっ、戦闘訓練」

「そうさ、サンシャインを使いこなせるようにするには訓練が必要なんだ。ああ、あとサンシャインが使えなくなった時のための能力も覚えてもらうよ」


結局、この日、蓮は一つも質問ができなかった。

次の日は休日だった。蓮はカイトとともに、ある場所へと自転車で向かった、蓮達の住む町、天下市をぬけて隣の市、知立市（地立）に入ったところにある森林の奥へと向かった。

「ここは、一体どこなんだい」

「君の訓練場さ。ほら着いたよ」

蓮の目の前にあったのは、古ぼけているガレージだった。カイトは自転車から降りるとすたすたとその中へ入っていった。

「ちょっと待ってよ」

蓮はカイトを追ってガレージの中へ入っていった。

「いますか、師匠」

カイトは大声で真っ暗闇の中を呼んだ。

「おう来たか。1人目を見つけるのに苦労したようだな」

カイトがガレージの電気をつけた。そこに居たのはカイトと同じ位の背のがたいのいい男だった。

「師匠この人が1人目の紅蓮君です。彼には、サンシャインを託してあります」

「おう、分かった。後のことはまかせろ」

「それでは」

カイトはそういうとさっと消えた。自転車もなかった。

「蓮だな。おれは今日からお前の師匠になった、龍神ヒビキだ。さっそくだが、お前がどこまでの能力があるか知りたい。まず出してみろ」

蓮は言われたとおりにサンシャインを大きくした。
「お、初めにしてはいい線いってるな。よし、じゃあ今日はまず剣の使い方からだ」
こうして蓮の特訓が始まった。
剣の使い方　剣術　まとめ
技・能力　　総まとめ
走力握力毎回

蓮はうまくいき、7日間で剣術を全て終わらせた。

「よし、今日は終わりだ。帰ってよし」

「ありがとうございました」

蓮は心をこめて挨拶をした。

「おう、明日からもっと厳しくするから覚悟しろよ。それにしても、カイトとはえらい違いだ」

「それは、どういうことですか？　師匠」

いつのまにかカイトが戻って来ていた。

「いや、別にそういう訳じゃ」

「はあ、まあいいです。蓮君、帰ろう」

「あ、ああ」

こうして、休日での特訓が始まり、夏休みに入るとその期間も費やした。蓮は暑い夏に耐えながら少しずつ進んで行き、ついに技まで到達した。

「よし、今日は技の練習だ。早速だが、剣をおれに預けろ」

「えっ」

蓮は戸惑いを隠せなかった。

プログラム4　技・能力の本当の意味

おれの名前は、紅蓮。おれは、初夏のある日の夜に起こった事件から運命が変わった。龍神ヒビキに特訓を受けていて、なんと剣を渡せと言われた。

「どういうことですか?」

蓮はびっくりして聞き返した。

「最初は戸惑うよな。だけど大丈夫だ、おれを信じろ!」

蓮はしぶしぶ剣を渡した。

「蓮、技と能力の本当の意味を知ってるか?」

「いいえ」

「それは魂だ。そして命だ。この2つのエネルギーの集まりが技や能力になる。今までお前がやってきたことにはちゃんと意味があったんだ。魂と命の強化。そうすることにより技。能力の力もうまく使えるようになる」

そう言うとヒビキはにやりと笑い、サンシャインを抜くと技を発動させた。

「火の攻　火竜」

そうすると、サンシャインのまわりに火が現れた。

「技には、種類がある。攻・守・走と3つある。そして、今おれが使った技は攻の技だ。そして、この技は強さで言うと一番下だ。レベルが上がるに連れ、前に言語が付く。

無し → 上極 → 善極 → 真極 → 究極 → 終極 → 進化する

こんな風になり、最後に進化する。また、技はレベルアップすると後ろに、

改 → 真 → 絶 → 神

とつく。技の数は、各レベルで攻に2つ、守に1つ、走に1つだ。

どうだ分かったか？　と言うよりもやってみた方が早いな。よし、じゃあ返すぞ」

そういうとヒビキは剣を蓮に返した。蓮は剣なしでやると思っていたので、「ビビッて損した」と思った。


それから、技を次々に伝承された。ただ、上極から上の技は形だけ教わった。

「よし。これで今日は終わりだ」

そして、蓮はいつものように帰って行った。


蓮は夜になってからコンビニへ出かけた。その時だった。

グワッと首を後ろから掴まれた。

「見つけた。やっと見つけたよ」

ミシッ。そいつはきつく掴んできた。

蓮は反射神経的に剣を大きくし、技を使った。もちろん心の中でだ。

「火の攻　火竜」

そしてすぐさま、掴んできた手を切ろうとした。すると手が放れた。

蓮は、そいつがいるほうを向いた。そいつは、あの日見た男だった。

「いやー早いもんだ。もう技使えるのか。これはさっさと殺したほうがいいかなあー」

蓮は奴の顔を見た。目が不規則に動きながらこちらを見ている。他の部分も同じようになっていた。ふと蓮は「体と外見が合っていないんじゃないか」と思った。

「ちっ、こいつももう使えないか」

そういうと、そいつはメキメキッと音をたてて、外見にまとっていた人間の皮を捨てた。その時蓮は息をのんだ。全身が黒く背中には黒い羽がはえ、手はすごく鋭くなっていて、目は血走っていた。口も驚くほど大きい。

「このごろおれの任務を邪魔する奴がいるんだ。お前みたいに剣を持った奴でよ。ふざけてんじゃないのかね。まあ、まずはお前から倒す。弱そうだし。くっくっくっ」

そういうとそいつは羽を広げるとものすごいスピードで蓮に襲いかかってきた。

キンッ。鉄がぶつかる音がした。カイトだ。ぎりぎりで助けに来たのだ。

「何をぼっ立ってるんだ、早く逃げろ。君にはまだ死なれちゃ困るんだ」

そう言うとカイトは剣で奴を振りとばした。

「上極無の攻　電流破」

すると、カイトの剣が黄色く光り、雷が剣に宿された。

「電流破は3回使える。その間に家に帰れ。家にはシールドが貼ってある。さあ、早く」

そういうとカイトは1回目の攻撃をした。

「グワッ。くそ、なんでおれの邪魔をする」

蓮は急いで逃げた。また同時に己の弱さを知った。ただ、今は一生懸命に逃げた。自分の命を守るために。

蓮はなんとか家に着いた。汗をびっしょりかいてしまったので、シャワーを浴びた。

すると、カイトが帰って来た。服はずたぼろで少し怪我をしていたが、大丈夫そうだった。

でも、蓮はそんなカイトに何も言えなくなっていた。

プログラム5　初めての戦い

おれの名前は、紅蓮。おれは、初夏のある日の夜に起こった事件によって運命が変わってしまった。

今は、特訓を続けて技も使えるようになったんだけど…

「さあ、今日は能力の特訓だぞ。って聞いてるか蓮?」

蓮は昨日からずっと考えていた。「なんでおれは逃げたんだろう」と。立ち止まって戦っても良かったじゃないか」と。だが、あれは命と命のぶつかりあいだ。戦うとなると、まだ自信がない蓮には到底無理な話だ。

「おい!!　蓮、集中しろ。今は大事な特訓なんだぞ」

「えっ。あ、はい。すみません」

「よし、じゃ、まず説明からだ。能力は1ランクごとに10個ある。だから最高60個あるということだ。あと、能力には共用出来るものがある。これを見ろ。

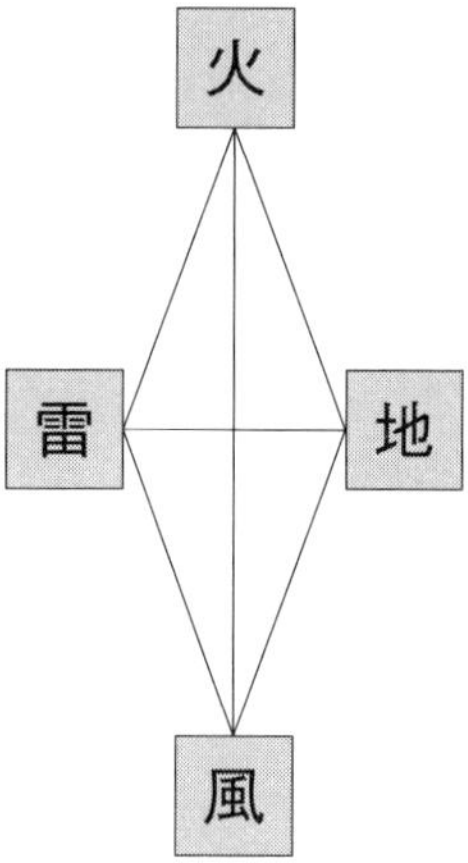

この図の中でお前だったら、火となる。その中で対抗、つまり反対側にあるものが共用出来るもの。つまりお前は風の能力も同時に使えるのだ。よし、じゃあやって行くぞ。おっと忘れてた。あとの雷と地は頑張ればレベルの低い奴なら覚えられる。じゃ、気をとり直して」

そして、今度は、能力の特訓が始まった。技と同じように上極から上の能力は形だけ教わった。

「よし。明日はいよいよ、技と能力の練習だ。ここに来て自主的にやってもらうからな。あとそれから総まとめでは戦ってもらうから心構えをしておけよ」

「戦うって、誰とですか」

「それは会ってからのお楽しみだ」

そして、今日の練習も終わった。

蓮は家に帰ってシャワーを浴び、いつものように食事をすませると自分の部屋へと戻った。

蓮は不安だった。戦う相手が誰なのか。

そして、その夜は一睡も出来なかった。

翌日も、蓮は緊張のあまりいい自主練が出来ないまま総まとめの戦いを迎えた。

「よし、今日は待ちに待った初戦の日だ。心してかかれよ。場所はここで行う。参加者はお前を含め16人だ。ルールは簡単だ。勝つことそれが全てだ。負ければ…、お前は今まであった記憶をここの部分だけ抜かれる。」

「じゃあ、今までやってきたことが無駄になるってことですか？」

「…そういうことだ。おれは今までおれが教えてもクリアできずに消えていった奴らをいっぱい見てきた。だが、結局戦うのは己だ。忘れるな」

ヒビキはそういうと話をやめた。


少しすると、ヒュンという音が行くつも聞こえ、16人の戦士とその師匠が現れた。

「あっ、あれは？」

蓮は目を見張った。戦士達の中にはあの親友の空人が居たのだ。

空人もこちらに気づいたようで、蓮に近づいて来た。

「まさか蓮が居るとは思わなかったよ」

「君も、被害にあったのかい」

「ああ、おれは…言ってなかったが父さんと母さんを殺された。一瞬の出来事だった。だがその時カイトが助けてくれたんだ」

「カイトが?」

「ああ、カイトはおれ達16人を集め、そしてそれの護衛をしているらしい。だからおれは、負ける訳にはいかないんだ」

そう言って空人は戻っていった。

蓮は、空人には勝てないと思った。同時に蓮は空人とは当たりたくないと思った。

プログラム6　本当の敵

おれの名前は、紅蓮。おれは、初夏のある日の夜に起きた事件から運命が変わってしまった。

今は、総まとめの戦いに臨んでいるんだが、よりによって空人が居るなんて……

「今からくじ引きを始める一人ずつ引いていけ、その後おれに伝えろ」

くじ引きが始まった。

そして、蓮は1-A、空人は4-Cに入った。その時蓮はほっとした。

開会式が行われた。代表でナハルという外人が代表の言葉をいった。

「我々、戦士一同はずるなどの不正行為をせず、正々堂々と戦うことを誓います」

日本語がペラペラですごいと思った。そのナハルは優勝候補に上がる位の奴だと空人は言っていた。しかも、ナハルは蓮と同じAグループだ。気は抜けない。


さあ、そして、それぞれのグループで戦いが始まった。

蓮が戦う番になった。相手は雷の使い手だ。

「始め!!」

試合が始まった。

「雷の二電流折」

いっぱいの雷が蓮目がけて降ってきた。

だが、蓮はぼーっとしていたのか直にそれを受けてしまった。

「うわー」

「ふっ、何だよ。たいしたことなさそうだな」

そういうと相手は蓮に切りかかってきた。蓮はなんとか避けた。

蓮は考えていた。空人のことをずっと。

「おれはあいつに勝てるのか」

その時、蓮の心にだれかが語り駆けてきた。

「やるのは自分だろ」


蓮は一瞬で相手の目の前に行くと技を放った。

「火の上極の一火竜牙」

「ぐわー」

相手は吹っ飛ばされた。血が流れていた。

相手はけいれんしていた。

「右コート、戦闘不能とみなし、左コート、よって紅蓮の勝利」

蓮は勝った。しかし、まだ己との戦いに勝ってはいなかった。


ふと、隣のコートを見た。空人が戦っている。すごく生き生きした表情だ。

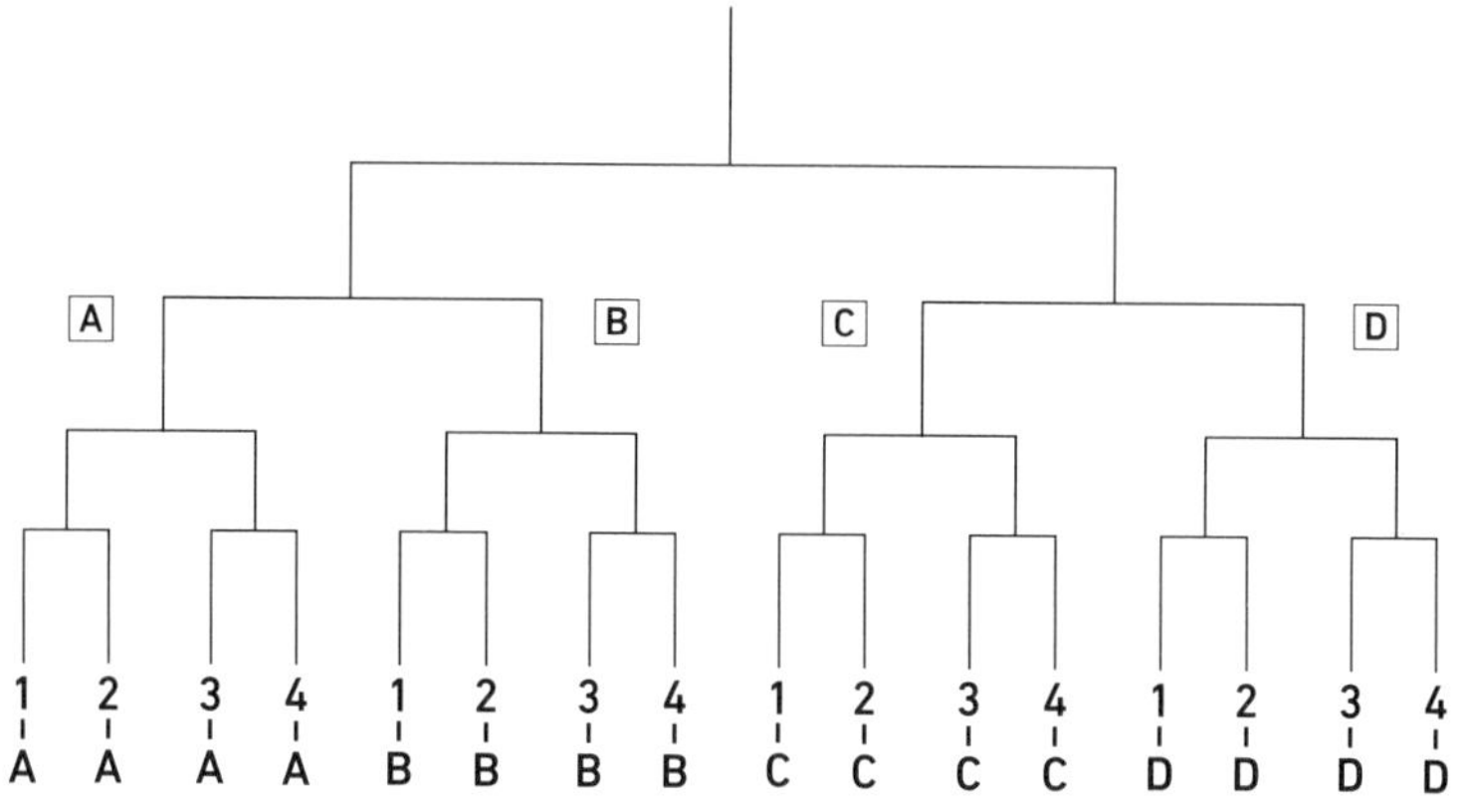

「風の上極の一、風連段！」

「うわー」

あざやかに相手を吹き飛ばし相手に勝った。

蓮はあんなに自信を持てなかった。そして、蓮の心はどんどん底へと落ちていった。


カイトは、町を偵察していた。すると、1人の男が手下の奴らに襲われていて逃げていた。

「助けてー」

バタン。転んでしまった。

「うわー」

キン。なんとか間に合いガードした。

「早く遠くへ！　日の当たっている場所へ！」

「わ、分かった」

「ち、このごろはどこにでもいっぱい出てくるようになった。オレ1人じゃ足りないぜ」

とカイトは思った。

手下どもの攻撃を振り払うと切りつけて倒していった。

「これで最後だー」

その時、カイトの剣は吹っ飛ばされた。

「こんにちはー。天のお使いさん」

目の前に現れたのは女だった。ただ、前の男とは違い人間の皮を被っているのではなく、魔界住民の顔だった。


その時、大会会場はでは蓮の試合が始まろうとしていた。

この後、カイトが不運に遭うのを蓮は知るよしもなかった。

プログラム7　開放

蓮は試合前だったが集中することが出来なかった。

そして、そのまま試合が始まった。

「うおー」

相手がものすごい勢いで切りこんできた。蓮は避けたが、右うでを軽く切られてしまった。

「うおー」

今度はそこからのパンチだ。クリーンヒットして、蓮はすごく吹っ飛ばされた。傷だらけだ。

「へっ、たいしたことねえなー。まだ、時間はあるし、楽しむとするか」

そう言うと相手は蓮の頭をつかみ上げると腹を殴りはじめた。

蓮は今まで以上の痛みを感じた。

「ううー、死ぬ、死んじゃう！　死にたくない！　死にたくないんだー！」

心でそう思った瞬間サンシャインが光輝いた。

「うわ」

相手が怯んでいるすきに蓮は攻撃した。

「火の十火宝円破」

蓮の手からすごい勢いで赤い球が反射された。

「うわー」

どかーん。相手は倒れていた。

「左コート、戦闘不能とみなし、右コート、紅蓮の勝ち」

「おっしゃー」

蓮は雄叫びをあげた。蓮は死の恐怖と戦い勝ったのだ。やっと自分に自信を持ち、心をコントロール出来るようになったのだ。


その時、カイトは攻撃を受けていた。

「ソウル・ビーム」

行くつもの黒いビームがカイトに突き刺さる。

「うわー」

どかっ。そして、今度は蹴りだ。げしっげしっ。

「剣がなけりゃーたいしたことないんだねー。お使いさん」

どか。そして、大きく蹴りとばされた。カイトは横たわっていた。

「死んで」

するどいビームがカイトの心臓を突き抜ける。

ばたっ。

「まったくあっけない奴だねー。こんな奴にあいつはやられたのかい。まったくへどが出るよ」

そういうと。奴は帰ろうとした。

「まて!まだ終わってねえだろーがよー。なにが『死んで』だよ。こっちのほうがへどが出るぜ」

カイトがなんとか立ち上がっていた。

「へー、面白い。さっきのは取り消しだ。だけど、その体でどこまでもつかねー」

カイトはその時にやっと笑った。

「見せてやるよ。これが能力の開放だ」

そう言うとカイトの剣が光輝き幾つにも分かれ傷を治し、そしてその後カイトにまとわり突き武装した。

「ほう、これがうわさに聞く無の絶壁ストーム・アクイラの開放。あいつもそれにやられたんだね」

「あいつを知っているのか。あの皮はぎ男」

「ああ（怒って）あいつなんかと一緒にするんじゃないよ。格は私の方が上さ」

「口より力さ」

「そうだね」

そう言うと2人は互いに突進していった。

…20年前
「おおー！」

「はあー！」

彼は全力でぶつかっていった。

「はっけい」

そして相手は吹き飛ばされた。

「うわー」

…20年後
「グラビティ・アタック」

「ファイヤー・ソウル」

彼らはぶつかりあい、そして倒れこんだ

つづく

過去編一話　伝説

現代から20年前……これは今の時代が出来上がって行く物語である。

1人の天才が、1つの道場から誕生する。

西暦2000年　山村道場…

「かまえー、はじめ！」

「1、2、3！」

ここは山奥の不思議な道場。生徒はわずか5人である。そして、その中でひときわ素晴らしい動きをするものがいた。

「かまえー」

「お願いします」

「はじめ」

じいさんは言った。

「はあ」

「はあ」

1人の大きいものと普通位のものが近づく。しゅっ、小さい方の奴は音もなく大きいものの後にまわった。大きい奴も反応したが遅かった。

「こぐれ返し」

大きい奴は木の葉の散る幻覚を見せられた。そして、また後ろから
「はっけい！」

彼は両手を重ね合わせ思いきり押し出す。すると目に見えない威力のある攻撃が大きいものに直撃した。ドン
「うおっ！」

がしっ、なんとか大きい奴は耐えた。

「やめ、見事だ、斬鉄」

「はい、ありがとうございます。おじさん」

「おじさんはやめろ、それと多宝よくこらえた」

「ははっ」

「お前達も斬鉄を見習い修行するのだ」

「はい！」


この斬鉄が過去編の主人公である。

そして、稽古が終わり、山村と斬鉄だけになった。

「もう、お前がここに来て、10年になるか」

「もうそんなにたったのか」

「ああ、今でも忘れられん、あの時のことは」

…10年前
はっはっはっ。一人の女が逃げていた。

「まてー、早く捕まえろ」

女は多くの男達から追われていた。

女は、一人の子どもを抱いていた。と、路地裏に隠れた。

「見つかったか！」

「分からん！」

「くそ、どこに行きやがった」

たったったったっ…　男達は去っていった。

「よかった」

女は言った。

女は、山奥まで来た。そして、この道場に足を踏み入れた。

終

タイムカプセル

カコミライ

風に吹かれて　飛んだ世界に見えた　悲しき記憶
忘れ去りたい　忘れたくない思いの狭間で
僕は進む　夢のために
Oh　my　ドリーム　Oh　my　ドリーム
消えやしないさ　消すもんか
雨にふられて　聞こえた世界に見えた　新しき未来
期待したい　期待したくない　葛藤の中で
僕は進む　君のため
Oh　my　ソウル　Oh　my　フューチャー
きれやしないさ　きらすもんか
Oh　my　ドリーム　Oh　my　ドリーム
今のままでいい　さあ飛びたとう　夢へ
未来へ

あなたには、思い出せない記憶はありますか
それはあるカプセルの仕業なのです。

1　消えた記憶

僕はぼんやりとあることを思い浮かべた。川の音。人の声。人の顔。みんな見えるのに隣にいる僕のお父さんのような人の顔がぼやけて見えた。

ジリジリー！

「速人、速人、速人！」

母さんの声がだんだん大きくなり僕は目覚めた。

「うるさいなー。起きるよ！」

「早くしなさい。パン焼いてあるわよ」

「はいよ」

いつもの何気ない会話。しかしいつもそこに父の姿はない。母さんは結婚して僕を産むとすぐに離婚したと言っていた。けれども僕の記憶には変なものが残っている。

着替えをすませ、手を洗い、すぐに朝食に飛び付いた。

7時45分。やばい。あと15分だ。

パンをくわえたまま僕は家を出た。

「いってきます」

僕の学校は駅前にある。走れば15分。だからいつもギリギリだ。

いつもの商店街を抜けた。パンも食べ終わった。間に合うか。

トン、トン誰かの足音。聞き覚えがある。右、いや左だ。あのでかい男の人。まさか…

「あっしまった」

そうだ今は学校へ行かなくては。

走る速人を男は横目で見ていた。

教室まであとちょっと。いけるか。キーンコーンカーンコーン
「セーフ」

「おせえよ。お前はいつも」

親友の真だ。

「いいのさ、間に合えば」

「まったく、そういう問題かよ」

すると担任の谷村が入って来た。

「速人！　早く席につけ！」

「はーい」

僕は元気よく返事をして席に着いた。

「今日は良いニュースがある。このクラスに転校生が来る」

教室中が、がやがやさわぎ始めた。だから窓側の席があいていたのか。

「入れ」

谷村に言われ、そいつが入って来た。

「静岡未来です」

そいつが入って来た時、なぜか不思議な感情が湧いた。おれはこいつを知っている。

静岡は空いていた窓側の席に座った。そして、いつものように授業が始まった。

静岡は普通に授業を受けていた。時おり外の景色を見ながら。

ご飯の時間になり、いつものように真と食べた。

「なあ速人。あの静岡のこと気になるのか」

「えっ、なんで」

「お前、あいつのことばっか見てるぞ」

「いやー、なんか不思議な奴だな」

「おれは嫌いだな、ああいうの」

昼休み、外に遊びに行こうとした時おれは静岡に呼びとめられた。

「ちょっと、いい」

「うん？　ああ、別にいいけど」

そうして、屋上に連れてこられた。

「飛山速人君だったよね」

「ああ」

「私とあったような気がしない？」

「なんとなく、そう感じる」

「そう、じゃあさこのカプセルに手をかざしてくれない」

「えっ、どういうこと？」

「そうするといいことがあるよ」

「唐突すぎるよ。説明しろよ」

「いいから、そうしてー」

おれは静岡に強引に手をとられた。

すると、

「ちょっと待とうか、お嬢さん」

おれの手を止めたのは、朝見たでかい男だった。

「くっ」

静岡はおれから手を引いた。

やっと見つけたぞ、時間泥棒！」

「時間泥棒！」

おれは何がなんだかさっぱりだった。

ただ、このでかい奴は味方だと直感で感じた。

2　時間泥棒

「なぜ、ここが分かった」

「そんなことはいい。さっさとここから去れ」

「くっ。おぼえておけ」

すると静岡は一瞬で消えてしまった。

「大丈夫かい」

「一体何がどうなっているんですか？」

「この状態では話しにくい。放課後、河原に来てくれ。待っているよ」

すると大男も一瞬で消えた。

その後の授業はまったく集中できないまま終わった。

放課後、速人は言われた通り河原にやって来た。

すると、大男が姿を現した。

「おお、来たか！」

「話ってなんですか。それと、時間泥棒って！」

「まあ、あせるな。ひとつひとつ話していこう」

そして、大男は座って語りだした。

「おれは、10数年後の未来から来たお前だ」

「えっ、飛山速人ってこと！」

「そういうことだ。おれは10年後の未来でタイムカプセルというものを発明した」

「タイムカプセルって？」

「記憶を一時的に封じ込めることが出来るカプセル。忘れたいことを忘れたいという意見から作ったんだ。だが、それをあいつらタイムライダーズに奪われた。そして、10年後の世界は変わってしまった。タイムライダーズは人々の記憶を次々に奪った。お前が奪われそうになったように。人類は衰退し、皆、言葉を話す前の猿人状態だ。そこでだ。おれはまだ記憶の奪われていない奴らを集めてタイムライダーズに対抗するチームを作った。その名はデステニーズ。そして、おれがそのチームのリーダーだ。だから奴らはおれの時間の流れを変えるため、お前のいる時代で記憶を奪おうとしたんだ。どうだ理解出来たか」

「まあ、なんとなく」

「それで、お前にも来てほしいんだ」

「何で、おれも」

「まず、人数がうちのチームは5人しかいなくて人手不足。そしてなによりおれがお前だということだ。昔のおれの考えを改めて知りたい」

「分かった。だけど1人じゃ心細いよ」

「なら、真も連れてくるといい。あいつもチームの1人だ」

「分かった。でも未来に行っちゃうとここでの時間は？」

「大丈夫。向こうの1年がここの1日になるようにしておいた。おれは発明家だぞ」

「なら良かった。すぐに準備するよ」

「明日の午後4時ここで」

そういうと未来の速人は消えた。

速人は急いで真の家に向かった。

3　時間旅行

速人は真の家に行き、今まであったことを話した。

「信じられないけれど、速人、お前の言うことだ。信じよう」

「ありがとう。じゃあ、明日午後4時に河原で」

翌日、午後4時、速人と真は河原へ行った。すると10年後から来た速人ともう一人男が現れた。

「あのー、彼は？」

「ああ彼は真だ。神空真」

「ええっ、これがおれ」

「まあ、初めてだからびっくりもするだろう。そう僕が君の10年後の姿だ」

真はきょとんとしていたが、なんとか受け入れた。

速人は10年後の自分に聞いた。

「このままだと呼びにくいよ。何て呼べばいいの？」

「じゃあおれはチームリーダーだからリーダー、真は副リーダーって呼んでくれ」

「じゃあ速人、真、行こうか」

リーダーは速人の、副リーダーは真の腕をつかんだ。

「絶対離すなよ。時空の狭間に閉じ込められるからな」

「じゃあ行くぞ。タイムトラベル　ゴー！」

すると一瞬にして速人たちは異空間へと飛んだ。

そこは空に墨を少しおりまぜたような、つつ状の空間で壁に年号がいっぱいあった。

「浮いてるよ、おれ達」

真はいつになく興奮していた。

「ここで落ちたら戻るのは不可能だ。絶対離すなよ」

リーダーが言った。その時だった
「リーダー！　前を！」

副リーダーが大声で叫んだ。そこには変な乗り物に乗った黒服の者が現れた。バイクだろうか？

「デステニーズのリーダー速人。お前はここで終わりだ」

その中のリーダーらしきちょび髭おやじが言った。

「やばいな。手を放さずに戦えるか」

「やるしかないだろ、リーダー」

速人はリーダーに言った。

「分かってるよ！　リミットブレイク！」

そう言ってリーダーは左うでにつけているウオッチみたいなものをタッチした。

「オーシャンアタック！」

大津波が奴らを襲う。しかし、それを乗りこえて今度は奴らが攻撃してきた」

「落とし穴だ」

そう言って奴らの１人が速人とリーダーに投げつけた。

「うわー」

速人はそれに当たってしまい、突如あいた穴に吸いこまれていった。その時手を放してしまった。

「速人ー！」

３人は叫び、助け出しに行こうとしたが遅かった。

4　20XX年　X都市

速人は暗がりに横たわっていた。（ここはどこなんだろう）速人はそう思っていた。

すると警察らしき人がライトを向けてきた。

「君、どこの人？」

「えっと、ここはどこですか？」

「お前脱走者だな！　捕まえる！」

そう言って警察は速人に向かって来た。

速人はあわてて奥へと逃げた。どんどん光がなくなりライトの光しか入らなくなった。

ゴン。体がぶつかった。行き止まりだ。

「もう逃げられないぞ。元の場所へ戻れ！」

警官はこん棒を振りかざした。速人は何とかよける。すると左のビルの壁をつたって、
一本のロープがたれてきた。（これはチャンスか。わなか。駆けてみるか）

そう心の中で思った速人はそのロープを伝い上へと上がった。

「まてー、どこへ行った」

警官は暗闇の中で見失ってしまったようだ。

どんどん上に登り屋上までたどり着いた。

「やあ、君は何ていう人？」

速人よりも大きくて１８０センチ位の背で、がたいもしっかりした男がそこにはいた。

「えっと、その速人って言うんだ。助けてくれてありがとう」

「いやいや、でもその服装は脱走じゃなさそうだね。どこからきたの？」

「２０４０年から…」

「えっ本当に。実は僕も」

「そうなの！おどろいたなあ。僕は速人。君は？」

「山和っていうんだ。ここに長居するのはよくない。安全な場所があるんだ。ついてきて」

するとと山和はビルの屋上をさっそうと駆けていった。速人も始めてのことに戸惑いながらなんとかついていった。それにしても、ビルの多い町である。

10分位したら、あるビルで山和は止まった。

「ここから下に下りて向こうの森に入るよ。下には警備の奴らがいるから気をつけて」

すると山和は鉤爪の着いたひもをビルの出っ張りに掛けゆっくり下りていった。

「いいよー。下りてきて」

速人も言われるとおりに下りていった。

「ここからが問題なんだ。あそこに門が見えるだろう。君は僕の合図で走って外へ出るんだ。僕はここでスパイしてるから大丈夫なんだ」

そう言って山和は警官の服に着がえた。

「分かった。やるよ」

「しっかりね」


「NO.671、業務終了いたします」

「ごくろう」

山和がトビラを開いた瞬間、合図とともに速人はトビラに向かって走った。

「侵入者だー」

だれかが叫ぶ。速人を5人ほどの警官が追って来た。しかし、なんとか通り抜けた。

「私が捕まえます」

変装した山和は捕まえるふりをして速人を誘導した。

「ここから真っすぐ行くと木の一軒家がある。そこにいてくれ。これが鍵だ」

「分かった。しっかりやってね」

「じゃあまた後で」

そう言うと山和は警備に戻った。

森はビルのところとはかけ離れたようなところで、ところどころ荒れ放題だった。

5分位歩き、山和の言っていた家のようなところを見つけた。そして、鍵で家に入った。

しかし、その中はすごい豪邸になっていた。

5　魔法使いとX

速人は目の前のことが信じられず外と中を何度も見くらべた。外は小さな一軒家。中はすごく大きな豪邸。でも、一応中に入ることにした。

そうこうしていると、山和が帰ってきた。

「いやー、びっくりした」

「どういうことなのこれは？」

何がなんだかわからないという表情で速人は聞いた。

「僕、実は魔法使いなんだ」

「魔法使い!?　そんなのが本当にいるの」

「いるじゃん。ここに」

「でも、どうしてこんなところに」

「ちょっと待ってよ。一服させてよ」

そういって山和は眉をひそめたので、速人はそれ以上何も言わなかった。

部屋には19世紀を思わせるレンガの暖炉に、大きなテーブルには花柄のシーツ。キッチンに電気機器はいっさい置いておらず、ただ網が重ねてある。カベは白く塗られ、ところどころに生け花がある。

山和がブッラックコーヒーを入れて1杯を勢い飲みほすと話し始めた。

「僕はデステニーズっていう時間を守るグループの1人なんだ」

「リーダーのところの。僕は、そのリーダーの10年前の姿なんだ」

「えっ、あのリーダーの？　どうしてここに」

「タイムトラベルしている時にタイムライダーズに落とされたんだ」

「そうか、運が良かったよ。あの落とし穴に落ちるとどこに行くか分からないからね。僕は、２０４０年の調査の後、１週間ほどここの調査をしているんだ」

「なんでそんなことをするの？」

「タイムライダーズはいまや、ほとんどの時代と土地を支配しているんだ。２０１４年は大丈夫だったけれど、この時代はもうXの手に落ちている」

「X⁉」

「そう、タイムライダーズ幹部7つ星の一人なんだ。奴の能力は物自体をどんどん変えてしまうことだ。この都市も変わってしまった。おれは、それを元に戻すためにここへ来たんだ。この都市は有名な工業の発達した町だった。そして、数多くの職人が住んでいた。たぶんそれに目を付けたんだろう」

「それで君はXをどうするんだ?」

「最終的には倒して元に戻そうと思っていたんだけど、人手が足りなくてね。ちょうどいいところに来てくれたよ」

「僕も一緒にってこと…」

速人は少したじろいた。

「そのつもりでいたけど」

「無理だよ! こんな何の力もない奴がいたって、迷惑なだけだ」

速人は少し興奮ぎみの大きな声を上げた。

「心配いらないよ。こっちへ来て」

山和にそう言われて付いて行くとそこだけ鉄の扉になっていた。

「君を強くするための場所。F-207対X用強化ルームだ」

そう言って山和は扉を開けた。そこにはトレーニングが数多くあったり、ロボが数10台置かれていた。

速人はあまりの凄さにつばをぐっと飲みこんだ。

6 特訓

「僕らにはそれぞれの能力というものが備わっている。しかし、それは普段の生活では必要ないものだから、体にずっとしまわれている。今からそれをむりやり出させる。普段はしないようなことをして。そして、それがどんなものなのか知った後、この腕時計のようなものを作る」

そう言った山和は速人にそれを見せた。

「これは、何?」

「これは、その能力をより強く発揮させてくれる増幅機のようなものさ。能力をむりやり出してもそれはすごく微量で戦闘では使えない。だから、これを僕らは人工的に発明したのさ。名付けてバイヤー君」

「じゃあ山和は、特訓で微量だけで魔法の力が使えたんだ」

「その通りだ。これをとっても物を浮かしたりぐらいは出来る」

そう言って山和は、コップを浮かしてみせた。

「じゃあ、さっそくやってみようか」


そんなこんなで速人はF-207に入れられた。

「まずは、レベル1からだ」

山和がスイッチを押すとロボット1体が速人に向かって歩いてきた。丸っとして太いロボだ。

すると、突然アームを広げ速人に攻撃してきた
「うわっ」

間一髪逃げた速人にもう一度、今度はレッグできた。

勘良く左へと転がり避けるとすぐに立ち上がる。が、防戦一方だった。

「おいおい、それじゃ特訓でも何でもないぞ」

そう言っている山和をよそに速人は自分の目に違和感を覚えていた。

(見える、敵の攻撃が。こんなことって)

20分間も体力の消耗を抑えながらぎりぎりでかわしていると、速人の目に赤く光る一点が浮かんだ。ロボットの腹部。一番厚くコーティングされている場所だ。

「バイヤー君のスイッチを押してさっさと終わってくれ」

山和に言われた通りにスイッチを押すと体に流れる力が人差し指に流れ込んできた。

(ここだ!)

赤の一点をひと突きするとロボットは粉々に壊れていった。

「おいおいうそだろ! 初めて粉々にしたのは奴以来だぞ!」

そう言って、脱出スイッチで速人を外へ出した。

「奴って誰なんですか?」

そんなことを聞くと山和は顔をしかめた。

「大爪空。1年前にデステニーズから去った、元リーダーだ。奴もお前と同じようにロボの動きを見切っていた。そして、あいつはバイヤー君なしでお前と同じように指ひと突きで粉々にしやがった」

山和は目を右往左往させて続けた。

「あきらかに別物だった。絶対にかなわないとその時、悟ったんだ。でも、あいつはほとんど表彰台に立つことなく、このチームを去った。連絡も途絶えてる。どうなったのかさっぱりだ」

「そうなんですか」

少し肩を落とした速人に山和は、明るく言った。

「今は、Xを倒すことだけを考えよう。情報によれば、奴は明日の正午に、センタービルから出て来る。それまでに、特訓だ」

「はい」

それから、翌朝まで特訓は続けられた。

7　初戦

「ごくろうさまです」

2人は警備員となり、潜入した。

「おれが、上手くやってXの警備に近づく、そしたら、急所に一瞬でこれを刺すんだ」

「これは?」

「対タイムライダーズ幹部用に作られた…

タイムカプセル（構想）

２０４９年タイムカプセルを作った速人の父、大牙和寿。

人々の幸せを願ったそのカプセルを悪用するX、Y、Zのタイムライダーズの３人に奪われてしまう。

研究者の父を助けるために子である、大牙空は友とともにデステニーズを作る。山和はその一員となる。

しかし、タイムライダーズのボスに操られて、大牙空は仲間であるデステニーズの奴らを次々に殺していった。

大牙和寿は、空の力をおそれてタイムゲートに空を封じ込めた。

タイムライダーズは世界にまで手を伸ばして行く、ついにデステニーズの少数だけが残された。

デステニーズの大牙は研究所を自ら爆破して、消息を絶ったように見せかける。見つかる前に、速人に伝えなければ…本編につながる
速人は試作段階のタイムカプセルで過去に行った時に、故障で帰れなくなり、母さんと結婚して、生まれた、本当は存在することの無い人間。マジカルｃｈｉｌｄ。

そして、大きくなった姿が空に当たる。

父は実験で過去に行ったが戻れずに、速人を授かり、その後に消えて、元の世界に戻ると、すくすくと育っていった空がいた。

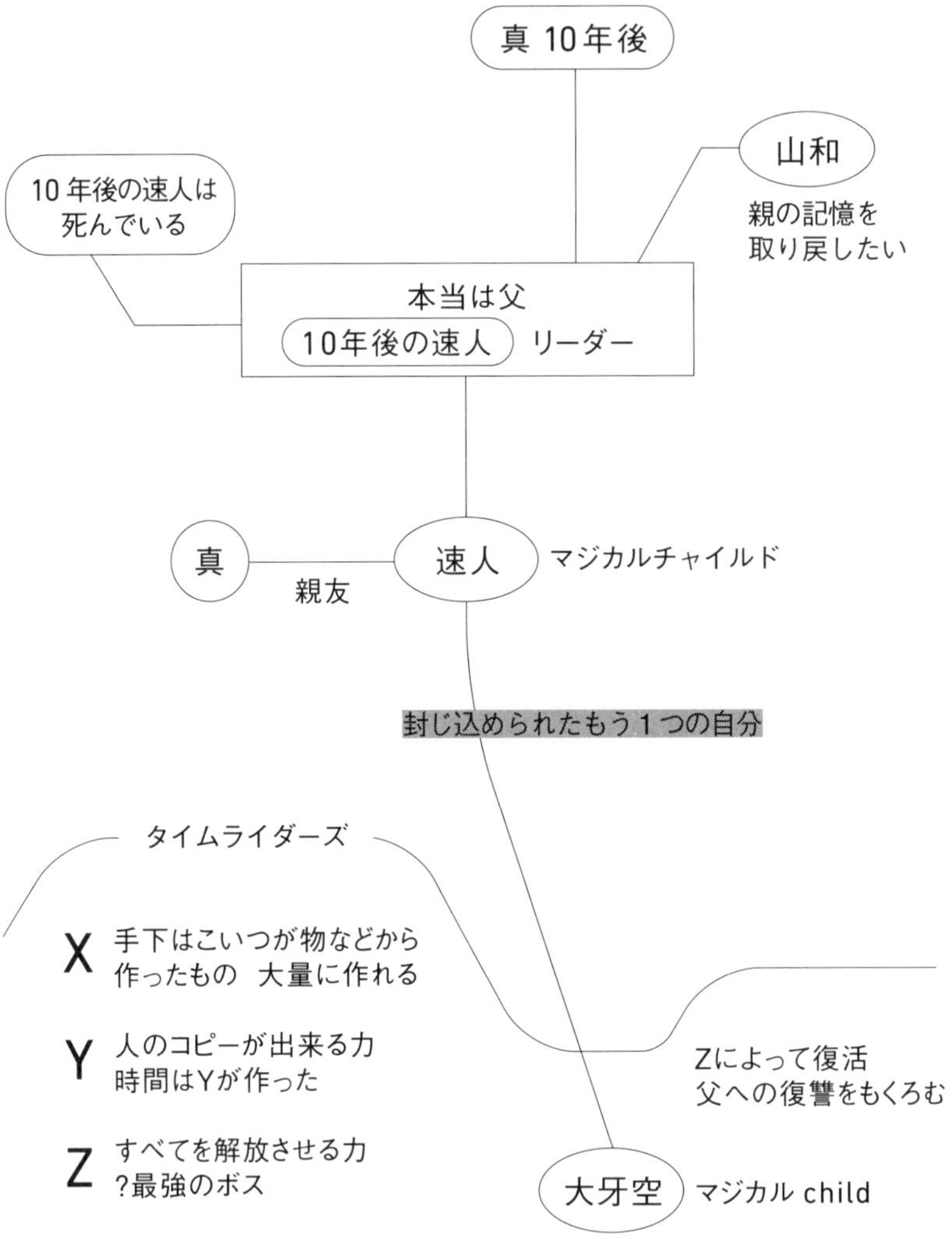
真 10年後
山和
親の記憶を
取り戻したい
10年後の速人は
死んでいる
本当は父
10年後の速人
リーダー
真
親友
速人
マジカルチャイルド
封じ込められたもう1つの自分
タイムライダーズ
X 手下はこいつが物などから
作ったもの 大量に作れる
Y 人のコピーが出来る力
時間はYが作った
Z すべてを解放させる力
?最強のボス
Zによって復活
父への復讐をもくろむ
大牙空
マジカル child

タイムカプセルを完成させたのちに次のようなことになった。

速人と会う
↓
Xのところへ行く
↓
もう一つの力の兆候が表れながらの勝利
↓
ついに未来へ
↓
山和の秘密・父の秘密を知る
↓
Yが基地に攻撃してくる
↓
倒しそうになってから空が現れる
↓
空に速人は大敗
↓
一旦避難
↓
相手の本拠地へ
↓
Yを倒す
↓
空とZと戦う
↓
ボスが登場
↓
空が元に戻り
速人とともに
ボスを倒して消える　←空と速人が戦い
空が消える
↓
真が一人で現代（2040年）に帰ると速人がいて

完

作品に寄せて

中野洋子

彼が亡くなった後、これほどまでに多くの作品を遺していたことを初めて知った。何か書いていることは、わかってはいたもののどれほどあるのか想像もつかなかった。今思えば、二百字原稿罫の国語のノートを何冊も、結構な頻度で、「買ってきて」と頼まれたのは、ただ単に学校の漢字の宿題をするためだけではなく、作品を書くためであったのだと合点がいった。本当におかしなものであるが、親というものは、子どもが学業に関係するものを購入することには全く気にも留めない、というよりも、逆にホイホイと無条件で協力してしまう、ということである。我ながら、その安直さに、失笑してしまう。

彼が、この膨大な量の作品を創作していたその時間を、どのようにやりくりしてひねり出していたのかも、私は全く知らない。両親が、劇団の練習に出かけている間に、宿題は適当にやって時間を作ったのかなあ?とは、思うものの、その姿には全く接していない。ただ、作品ができた時期をみると、彼が新幹線に揺られながら劇団ひまわりに通っていた小学生の時から、一人構想を練って創作を始めていた事には違いない。いずれにせよ彼は、確実にその時間を生きて、自分の分身を制作し続けていたということは事実で、これに対しては、ただただ感服する。

さて、ここまで書いたところで、まずは、私たちがどのような日々を送っていたのかを少し説明しておく必要がありそうだ。

この作品の作者・中野祥太朗は、二〇〇〇年七月二四日に誕生し、二〇十七年一月一四日に亡くなった。つまり、一七歳を待たずして、忽然とこの世を去ってしまったのだ。そして、この一月一四日という日は、あまりにもできすぎた日であった。お盆を執り行うにも半年後の中日であるし、祥太朗と共に多くの人と楽しい時間を過ごした毎年の焼津の花火大会も「八月一四日」であり、私たちの生活サイクルに偶然すぎるほど当てはまる日であったのだ。

祥太朗がこの世に顔をみせたのは、恐らくは、彼が生まれてくる本来の予定よりも、少し早い日であった。私が帝王切開で彼を産むことになったために、予めその日が設定されてしまったのであり、私自身、納得感が薄い中で、彼をこの世に迎えることになった。まるで、お地蔵さんのようにきれいな顔を見て、私はわが子を産んだというより、授けられたという感じを抱いた。もともと、子どもを自分とは、別物と考えていた私としては、なおさら、その感覚が強かったのだと思う。授けられた彼は、本当に大きな問題もなく、ご機嫌に、ムチムチ、すくすく育ってくれた。生まれて三か月くらいで、夫と顔を見合わせて、大笑いする姿に、大人たちは、なんて相手の気持ちを無理なくキャッチする子どもなのだろう？と驚いた。そして、そんなにご機嫌斜めになることもなく、穏やかに育ち、翌年の四月からは、早速、保育園に通うようになった。しかし、彼が高校生になったときのことだ。「なんで、鼻炎持ちに生んだんだ！」と、唯一私に面と向かって文句を言った。彼が生まれてからずっと抱えていた身体上の悩みの深さに戸惑うばかりだった。こればかりは、彼には大変申し訳ないが、何ともし難かった。が、この症状は、幼少期から彼が亡くなるまでの一六年間、どれほど彼に不自由な生活を強いたのであろうか。彼亡きあと、ティッシュペーパーの使用量が激減したことを見るにつけ、本当に悔しく、不憫であったと思いが募る。

話を戻すが、彼はいわゆる共働き夫婦の、かつ両親がアマチュア劇団に参加している家に生まれた。私はその劇団の代表を務めており、夫は、劇団の脚本を手掛けていた。それゆえ、彼は、私のおなかにいる頃から、私たちと一緒に劇団の練習に参加し、誕生して間もなく、劇団の公演の裏方を務める私に連れられて、現場にいく生活であった。私が、上演作品に参加できるようになってからは、背負われたまま練習に参加し、劇団員のお姉さん、お兄さん、おじさん、おばさんら、自分よりもずっと年上の人々に囲まれて、多くの時間を過ごしていた。彼の生活は、私たち以外にも多くの目上の人たちに囲まれたものだった。

そんな彼は、保育園児の時、親の興味もあって東京の劇団ひまわりに入った。芸事を極めた多くの先生方から直接指導を受け、親子ともども初めてだらけの経験をしたのだった。

しかし、小学二年生の時には、「自分への肯定感が低いです」と、担任の先生に心配され、家庭訪問の時に、先生と共に一生懸命祥太朗の良いところや頑張っているところを話して聞かせた。その結果、彼が本当に自分を肯定できたのかどうかはよくわからない。が、小学三年生の時にCS放送の番組の『よゐこのキッズパラダイス』のレギュラーを取れたことで、彼は初めて自分に自信を持てたのではないかと思う。そして、恐らくそのころから、彼の創作活動が始まったのだと推測できる。

さて、ここからは遺作となった作品群について、少し書きたいと思う。

分冊「アリオンたちの冒険」は、創作初期（五年生ごろ）から書き始められた「アリオンのぼうけん」を主にまとめたものである。この作品を年代順に並べてみると、そもそも文字の使い方であったり、話の作りであったり、筆跡であったり、年齢とともに作品が次第に整理されてきていることが良くわかる。残念ながら、作品の最終的な集大成は見ることはなかったが、小さなある国の話が、大きな世界を俯瞰したような話へと拡がりを見せていることに、彼の成長を見るようで頼もしく感じた。作品を読むほどに、本人の意思を感じ、それを表現するために、挿絵を担当してくれた昼太氏には、沢山の想像力とご無理をお願いした。その甲斐あって、読みやすく、彼が夢想していた完成形に少しでも近づけられたのではないかと思っている。

分冊「ジャイロボール」も、この作品が主となる本になっている。この作品は、まさに、彼自身が中学で野球部に入って学んだことや感じたことを織り込みながら書かれたのだ。生前、彼自身が「野球小説を書くために野球部に入る必要がある」と、言っていた。私たちは野球の素人で、何も教えられることがないため、自ら少しずつ知識を増やして話を創っていったのだろう。そこには、個性豊かな多彩な人物たちが登場し、駆け引きを繰りひろげる。中学の同級生たちに、自分の国語ノートに書いた作品を連載で読んでもらいながら、この作品は作られていったようだ。教室で話の続きを待つファンが、彼の創作意欲を高めたに違いない。率直な意見を言ってもらえる生のファンたちのお陰で、この作品は生き生きと描かれているのだと思う。残念ながら、高校で野球部に入った彼には、この作品を進められるだけの、体力や時間が足りなかったようだ。高校で野球部の同級生が、この先を読みたいと言った時、彼はそんな事を同級生に話したという。

一連の詩作が始まったのは、中学生以降、恐らく祥太朗がシンガーソングライターになりたいと言い出した、中学二年生くらいから後のことではないかと思う。そして、最も多く作品を作ったのは、高校に入ってからではないか。詩は、専用のノートではなく、何かの教科のノートの後ろの方のページを使って書かれている。授業や勉強の合間にきっと創作をしていたのだろう。

高校生になってからのことである。ある晩、お風呂に入っていた彼は、いつものように大きな声で歌を熱唱していた。なかなかよい詩だし、よい歌だな?と思って、「誰の歌?」と尋ねたら、「俺の歌」という答えが返ってきた。「そうなんだ、いい歌だね」。そんな会話を交わした後も、彼の熱唱は続いていた…。

彼は、楽譜なんて書けないし、何かの楽器演奏をやっていたわけでもないので、とても驚いた。まあ、歌は大好きだし、歌わずにはいられない人であったので、メロディーは作れたのだと思う。あの時の歌は、どの詩だったのか、今となっては知る由もない。ところが一周忌の折、祥太朗が亡くなる直前に、詩に付ける曲作りを頼まれた友人とそのご両親とお話をする機会があった。実は曲は未完成で、作曲中だったとのことだ。お風呂で歌っていたのは、彼が亡くなる二、三か月前のことだったので、その歌は、友人作曲のものではないのだろうが、もし、楽譜があったなら、今も代わりに歌ってあげられたのに、と悔やむのである。

短編集や未完成集は、彼の中にあった、書きたかった題材そのものの羅列なのだろう。題名だけのものも多く、これからその続きを書く予定であったのだと思う。様々な設定を考えていたようだが、不思議な世界を書いたものもあり、現実世界だけでない新しい世界が彼の中に見えてきていたのかもしれない。

夫から、「彼の作品集を作ろう」と言われて、かれこれ三年が経とうとしている。改めて作品をまとめる作業をする中で、祥太朗と共に彼の世界に浸り、楽しみ、出来上がった本を想像しながらワクワクできたことで、自身の心が癒やされた。更に生前よりも少しだけ彼に近づけたのかもしれないなあ、などと感じている。もしかしたら、この作業自体、まんまと彼の策にはまっているだけなのかもしれない、そう考えて、またしても失笑しているところである。

中野祥太朗作品年表（推定）

年	アリオン	ジャイロ・ボール	短編・未完成小説
2011	・ガロウズ・ザ・クリエイター （ガオ・アデス編のあらすじ） ・アリオン達のぼうけん① ガオ・アデス編 悪の古城		
2012	・アリオン達のぼうけん② エクス・ガリバー編 終わりの場所		・階段 ・小説2 ・風のタクト
2013			
2014	・ソード・オブ・ザ・サーガ フィルム1 ～新しき風～	ジャイロボール 第一巻 ↕ ジャイロボール 第六巻	・ダブルハーツ ・タイムカプセル ・木龍
2015			・時空の花 ・スピリット（思い） ・もう1つの世界 ・小説家の話
2016	・ザ・ワールド・フィルム フィルム0 ～過去から現在へ～		・ダイスの0 （オー） ・二つの光 ・明日へ ・ゲーム ・無題 （冴えない 僕に…） ・私の音 ・雨 ・無題 （ニャーニャー）
2017			

アリオンたちの冒険

2023年1月14日　初版発行

著者　中野祥太朗
発行者　中野裕樹　中野洋子
イラスト・挿絵　昼太
装丁・デザイン　ビーニーズデザイン
発売元　静岡新聞社
〒422-8033 静岡市駿河区登呂3-1-1
電話 054-284-1666
印刷・製本　三松堂株式会社

ISBN978-4-7838-8060-8 C0093